I0668989

NOMBRE EN CLAVE: MAYHEM

K19 SHADOW OPERATIONS
LIBRO V

HEATHER SLADE

Traducido por
SAMANTA ROSSIÑOL

Tektime

NOMBRE EN CLAVE: MAYHEM

Él es un agente del MI6 que dejó escapar a la que más le importaba.
Ella es una perfiladora brillante que se alejó pero nunca olvidó.
Ahora, deben reunirse para detener a un asesino cuya racha de décadas está lejos de terminar.

MAYHEM

Nunca pensé que volvería a ver a Grace "Hanadarko" Hunter después de que nuestra relación se rompiera hace tres años. Pero cuando un despiadado asesino en serie reaparece en Adirondacks, sé que ella es la única que puede ayudarme a atraparlo. Trabajar de nuevo con Grace enciende todos los viejos sentimientos que intenté enterrar, pero no puedo dejar que mi corazón me distraiga de detener a un asesino. A medida que nos adentramos en el caso, me doy cuenta de que quiero algo más que resolverlo: quiero un futuro con la única mujer que me ha comprendido de verdad. Pero antes, tenemos que enfrentarnos a nuestro pasado y sobrevivir a un asesino que siempre va un paso por delante.

HANADARKO

La última persona a la que esperaba volver a ver era Emmett "Mayhem" Gable. Pero cuando aparece, pidiendo ayuda para elaborar el perfil de un brutal asesino en serie, no puedo negarme. Estar cerca de Mayhem despierta recuerdos y deseos que creía haber dejado atrás. Mientras corremos para atrapar al asesino antes de que se cobre más víctimas, me encuentro cayendo de nuevo rendida ante Mayhem. Pero con un asesino que nos persigue y fantasmas de nuestro pasado que resurgen, no estoy segura de que podamos sobrevivir lo suficiente para tener una segunda oportunidad. Lo único que sé es que Mayhem es el único compañero que quiero a mi lado, en el trabajo y en la vida, si salimos con vida.

MAYHEM

—¿**E**stás segura de que quieres seguir adelante con esto? —Oí a Cowboy preguntarle a Winslow. Aunque sabía que debía alertarles de mi presencia, continué escuchando a escondidas.

—Claro que quiero. Ella podría ayudar.

Había tardado casi un mes, pero con la ayuda de Decker Ashford, por fin había localizado a la perfiladora que esperaba que estuviera dispuesta a ayudarnos a encontrar al hombre al que los medios de comunicación se referían ahora como el Asesino de Adirondack. Lo que el K19 Operaciones Sombra creía que era su verdadero apodo —*Thanatos*— nunca se dijo fuera del centro de mando e, incluso entonces, solo se decía cuando era necesario.

Los restos óseos de cuarenta y tres víctimas —el recuento se basaba en el número de cráneos recuperados— se encontraron en el fondo de uno de los cuatro lagos que los equipos acuáticos y de buceo habían registrado hasta entonces. Sin embargo, dado que había más de dos mil masas de agua más en el parque, aún cabía la posibilidad de encontrar más.

—También podría negarse —dijo Cowboy. No era la primera

vez que Winslow recibía esa advertencia. Yo le había dicho lo mismo.

—Que no quiera hablar con Mayhem no significa que no vaya a escucharme. Al menos, tengo que intentarlo. —Hubo una pausa, dándome tiempo para alejarme, pero no lo hice—. Además ¿qué pasó entre ellos?

—No puedo decírtelo. Todo lo que sé es que Hanadarko, que se llama Grace Hunter, era perfiladora en otro caso de asesino en serie al que también estaba asignado Mayhem. No tengo ni idea de lo que pasó, pero cuando el caso terminó y detuvieron al asesino, ella renunció. Y por renunciar, se rumorea que dimitió del FBI y ha estado viviendo en reclusión desde entonces. Se niega a hablar con nadie.

—Quizá no sea tan buena idea —respondió Winslow.

—¿Qué te hace decir eso ahora?

—Podría haberlo dejado porque le afectó mucho. Quizá estaba traumatizada y no tiene nada que ver con Mayhem. —Tenía razón; podría haber sido la razón por la que renunció, pero yo sabía que no.

—Podría ser, cielo —dijo Cowboy.

—¿Por qué no lo admitiría, sin embargo? —preguntó Winslow.

—Otra pregunta que no puedo responder, pero si no quieres ir, tienes que decidirlo ahora. Steel acaba de llegar a la entrada.

—No lo sé. Siento que al menos debería intentar hablar con ella. De mujer a mujer. O quizá "de víctima a perfiladora" sería una forma mejor de decirlo.

—Creo que eso es lo que Mayhem tiene en mente.

Sí, eso era exactamente lo que tenía en mente.

—Quiero ir.

—Pues hagámoslo.

HABÍA UN TRAYECTO DE CASI SEIS HORAS DESDE EL RANCHO King-Alexander hasta Olmito, Texas, donde Decker me aseguró que vivía Grace. Por fin había podido obtener la información de un miembro de su familia, el único cuya traición sabía que Grace perdonaría si se enteraba.

El pueblo, cuyo nombre significaba "Pequeño Olmo" en español, tenía una población de poco más de mil habitantes y estaba a menos de quince minutos de la frontera entre EE.UU. y México.

—¿Estás seguro de que este es el lugar correcto? —preguntó Steel al entrar en el camino de entrada de la dirección que nos había dado Decker—. No parece que nadie haya vivido aquí en años.

Tuve que darle la razón, al menos basándome en lo que podíamos ver desde la carretera.

—Continua. —Estudié las fotos que había descargado, y aunque todo lo que podíamos ver ahora estaba terriblemente deteriorado, en algún lugar detrás de la maleza, había una casa.

—Para aquí —dije cuando aún estábamos a varios metros de donde terminaba el camino de entrada.

—Hay alguien dentro —dijo Cowboy, mirando la pantalla del radar Doppler que había traído—. Solo una persona, y quienquiera que sea, está caminando hacia la parte delantera de la casa.

—Recibido. —Abrí la puerta del pasajero y salí.

—¿Debería ir con él? —Oí preguntar a Winslow.

—Todavía no. Dale un minuto —le dijo Cowboy.

Podía sentir su presencia incluso sin verla.

—¿Grace? ¿Estás ahí? —grité.

—¡Arma! —Oí gritar a Steel y Cowboy a través del comunicador cuando se abrió la puerta principal.

—Retiraos —respondí, pero levanté las manos al dar otro paso adelante.

Grace salió por la puerta, mirando por el cañón del rifle apuntando al centro muerto de mi corazón.

—Tienes exactamente diez segundos para largarte de mi propiedad, Emmett Gable. No creas que no te mataré.

El dolor que vi hoy en sus ojos era el mismo que vi el día que le rompí el corazón. Mucho peor que su corazón; había roto su espíritu. Esa era la parte que me carcomía vivo.

No pasaba un día sin que me arrepintiera de todo lo que había dicho y hecho la última vez que la vi. Ni pasó uno sin que pensara en Grace. Ni una noche en la que no soñara con ella.

—Lárgate de mi propiedad, Emmett.

—Grace, por favor, baja el arma —dije, sabiendo que no debía bajar las manos hasta que ella lo hiciera. No dudaba de que, a la menor provocación, encontraría un gran placer en dispararme.

—Bajaré el arma cuando vuelvas a meter tu puto culo en el coche y te marches.

—Hay algo de lo que necesito hablar contigo primero.

—Perdiste el privilegio de volver a hablarme de cualquier cosa. ¡Ahora, *vete*!

—Adelante, dispárame. Sácame de mi miseria.

—No. De ninguna manera. No, tú no puedes sentir lástima por ti mismo, Emmett. Es mi vida la que destruiste. *La mía*. No la tuya.

—Hanadarko, por favor...

—No me llames así —espetó.

—Hola, soy Winslow Cassidy. —Oí que decía una voz desde demasiado cerca detrás de mí. ¿En qué demonios estaba pensando Cowboy al permitirle salir del todoterreno?

—¿Quién eres y qué quieres? —preguntó Grace con el arma apuntándome todavía.

Miré por encima del hombro y vi a Cowboy de pie junto a Winslow.

—Fui secuestrada por un asesino en serie, pero escapé. Las fotos de más de un centenar de personas, principalmente mujeres, indican que han perdido la vida o corren peligro de perderla si no impedimos que este hombre vuelva a matar.

—Eso no tiene nada que ver conmigo. Ahora, todos vosotros sois intrusos. Si no os habéis ido cuando cuente hasta diez, empezaré a disparar. —Me hizo un gesto—. Él primero.

—Grace, si aceptas hablar con Winslow y Garrison, me iré.

—Te irás sin que yo acceda a nada.

—Señora, soy Garrison Cassidy. Winslow, aquí, es mi esposa. No sé lo que Emmett le hizo, y francamente, no me sorprende nada oír que lo quiere fuera de su propiedad. Estoy bastante seguro de que Winslow sentía lo mismo por él cuando se conocieron. Sin embargo, le ruego que al menos escuche lo que mi esposa y yo tenemos que decir. Le prometo que haré que se vaya si accede a escucharnos unos minutos.

Si dejar que mi boca colgara abierta no le hubiera dado a Grace un blanco tan ideal, ciertamente lo habría hecho. ¿Acaba de decir Cowboy que no le caía bien a Winslow? Estaba estupefacto. Incrédulo incluso.

—¿De dónde eres?

—De las afueras de Buda.

—¿Dijiste que tu nombre es Cassidy?

—Sí, señora.

—¿Alguna relación con Micki Hunter Cassidy?

—Es mi madre.

—Es mi prima cuarta con un grado de separación*.

—¿De verdad?

Aunque la conversación entre Grace y Cowboy era *terriblemente* interesante, su arma seguía apuntando en mi dirección y no me había quitado los ojos de encima.

—¿En qué os convierte eso a vosotros dos, entonces? —preguntó Winslow—. ¿Primos quintos†?

—Así es.

—¿Conoces a Micki? —Cowboy le preguntó a Grace.

—Solo la he visto una vez, y fue hace mucho tiempo —respondió ella.

---

* Micki y Grace comparten a su **trastatarabuelo** con una generación de diferencia. Para Micki es su 4° ancestro directo. Para Grace es su 5° ancestro directo. (N. de la T.)

† Comparten el mismo **Chozno** (pentabuelo) 5° ancestro directo. (N. De la T.)

—*Ejem.* —¿Habían olvidado los que estaban conmigo por qué estábamos aquí?

—Cierra el pico. Estoy teniendo una conversación. Siempre fuiste un hijo de puta grosero. No me extraña que no le gustes a Winslow.

Levanté una ceja. Aunque Grace parecía estar disfrutando enormemente, y quizá Winslow y Cowboy también, estábamos aquí para pedirle ayuda en la búsqueda de un asesino.

Grace negó con la cabeza.

—Míralo. El poderoso Mayhem no tiene remedio. ¿Quieres decir que hay mujeres, aparte de mí, que no han caído rendidas a tus *encantos*? Me *sorprende*.

Le recordaría que ella había hecho exactamente lo contrario no hacía mucho tiempo; sin embargo, había bajado el arma para que apuntara justo debajo de mi *abdomen*. Sinceramente, creo que preferiría que me disparara a la cabeza que a mi...*otra cabeza*.

—Entrad —dijo Grace, levantando el rifle para que descansara sobre su hombro—. *Tú no* —espetó detrás de ella—. Ellos.

Me quedé en mi sitio, viendo cómo dos de las personas con las que había llegado la seguían al interior de una casa en mucho mejor estado de lo que el terreno que la rodeaba hacía suponer.

En lugar de volver al vehículo, donde Steel esperaba, estudié el lugar donde vivía la mujer que admiraba con cada fibra de mi ser. Es más, Grace era la única mujer a la que había amado, la única con la que había imaginado pasar mi vida.

Fui yo quien apagó su deslumbrante y brillante luz. Juré ser quien la encendiera de nuevo.

2

HANADARKO

M e quedé de pie junto a la ventana, escuchando a medias a la pareja que había invitado a mi casa, mientras otro hombre —uno que en otro tiempo había tenido mi corazón en la palma de su mano— esperaba fuera.

Mayhem había envejecido mucho en el poco tiempo que había pasado desde la última vez que lo vi en persona. El pelo, que llevaba muy corto cuando pasábamos juntos todos los días y todas las noches, ahora lo tenía largo. Pasaba de sus hombros. Seguía siendo castaño oscuro, casi negro, pero con más canas.

Sentí su mirada sobre mí a través de la cortina translúcida que cubría la ventana delantera y giré la cabeza para encontrarme con su mirada. Era evidente que su dolor era igual al mío. Inesperadamente, me dejó sin aliento. ¿Cuántas veces me había preguntado si alguna vez me había amado de verdad? Ahora veía que sí. O tal vez todavía lo hacía. En cualquier caso, ya no importaba. Mayhem no solo me había hecho daño. Había destrozado mi corazón y destruido mi confianza en mí misma. El hombre cuya opinión significaba más que la de cualquier otra persona la había utilizado contra mí como un arma mortal. Me pregunté, cuando finalmente lo volví a ver, si mi determinación de no perdonarlo nunca seguiría siendo tan firme. Diría que sí, pero en el fondo de mi mente también me preguntaba si no era más bien intransigencia. Como él mismo dijo una vez, nunca había conocido a nadie tan terco como yo. Hay que reconocer que eso había sido mi perdición.

Aunque pueda parecer descarado, dejé que mi mirada se posara en el hermoso cuerpo de Mayhem, que me había proporcionado un placer que nunca hubiera imaginado posible. La camisa de manga larga y los vaqueros que llevaba hoy ocultaban los tatuajes que sabía que cubrían la mayor parte de su piel, pero no ocultaban los músculos que se tensaban bajo la tela. Temblé al recordar cómo se sentía tener su cuerpo desnudo cubriendo el mío.

—¿Grace?

Me aparté de la ventana y me volví hacia la mujer que había pronunciado mi nombre.

—Lo siento, hacía tiempo que no tenía invitados. He olvidado mis modales. ¿Os puedo ofrecer algo de beber?

Winslow se volvió hacia el hombre que se había presentado como Garrison, que también era mi primo quinto. Ella fruncía el ceño. Era evidente que me había perdido algo de lo que había dicho y que era mucho más importante que si alguno de ellos tenía sed. Me alejé de la ventana, deseando poder cerrar las cortinas sin parecer una loca.

En lugar de actuar como si estuviéramos celebrando una reunión familiar amistosa después de mucho tiempo sin vernos, les indiqué que tomaran asiento.

—Lo siento —repetí—. Sé que esta no es una visita social. Winslow, también lamento la terrible experiencia que has sufrido. Sin embargo, ya no soy perfiladora del FBI. De hecho, ya no trabajo para el FBI.

—Lo entendemos, señora —comenzó Garrison cuando miró a Winslow y ella asintió para que hablara—. Tanto si dejó lo de perfiladora como si no, por lo que hemos oído, usted es la mejor que había. En este momento, estamos tan desesperados que hemos venido a rogarle que considere la posibilidad de colaborar como consultora en este caso.

—Perdóneme si no te agradezco tus amables palabras. Y te pido disculpas si parezco grosera. —Tuve que respirar hondo antes de continuar—. No sé lo que has oído, pero la razón por la que dejé lo de perfiladora fue porque fracasé. —Respiré hondo por segunda vez—. Como resultado, dos mujeres más perdieron la vida. No puedo seros de ninguna ayuda.

—Eso no es cierto.

Me quedé paralizada. Estaba de espaldas a la puerta, así que no había visto entrar a Mayhem. Tampoco lo había oído. Sin embargo, lo sentí cuando se acercó y se colocó detrás de mí.

—¿Nos disculpáis, por favor? —añadió.

—Quedaos donde estáis —le dije a Winslow cuando vi que estaba a punto de salir corriendo de mi salón—. Nosotros saldremos. —La mujer y su marido ya habían presenciado demasiado de nuestro drama. Podía ahorrarles esto.

Cuando me di la vuelta y caminé hacia la puerta principal, Mayhem me siguió. Acabábamos de cruzar el umbral cuando puso su mano en mi espalda.

Memoria muscular, pensé para mis adentros. Por parte de ambos. Lo había hecho cientos de veces antes. Siempre me había tranquilizado. Y ahora también, por mucho que no quisiera admitirlo.

Sin embargo, me encogí de hombros y me senté en el columpio del porche. No quería su consuelo. Es más, no podía aceptarlo.

—Hanadarko...

Arqueé una ceja y crucé los brazos delante de mí. Él era quien me había puesto ese nombre en clave. Al igual que su mano en mi espalda, oírlo salir de sus labios me reconfortaba, aunque no lo quería ni lo merecía.

—Grace... —Dejó de hablar, miró hacia la puerta principal y luego volvió a mirarme—. ¿Millie?

A Millie, cuyo nombre completo era Milagro —en español— no le gustaba la gente más que a mí, así que cuando había alguien más aquí, se quedaba en el dormitorio. Mayhem siempre había sido la excepción, sin embargo. Nunca se había escondido de él.

—Está bien, probablemente escondida debajo de mi cama.

Mayhem asintió.

—De todos modos, pedirte ayuda con esta investigación fue idea mía. También fue idea mía pedirle a Winslow que viniera conmigo hoy para suplicarte que lo hicieras. Sé que no tengo derecho...

—No tenías por qué involucrarme. Sabes tan bien como yo que soy incapaz de ayudarte con esta o cualquier otra investigación.

—No sé nada de eso. —Apoyó el antebrazo en la barandilla del porche y miró al horizonte antes de volverse hacia mí—. Lo que hice...

No podía tener esta conversación. Ya había sufrido una vez su castigo y me había destrozado. Lo que él sabía entonces ni siquiera era todo. Una vez que descubriera el resto... No podía pensar en eso ahora. Me levanté y entré en la casa, esta vez cerrando la puerta con llave.

Me senté en una silla que me permitía ver si se acercaba a la puerta y miré a Winslow.

—No puedo ayudaros. Diría que ha sido un placer conoceros a los dos, pero dudo que ninguno de nosotros lo crea realmente. Es hora de que os marchéis.

—Si cambia de opinión —dijo Garrison, dejando caer una tarjeta de visita sobre la mesa de café frente a mí cuando no la cogí de su mano extendida.

Ya casi habían salido por la puerta cuando Winslow se dio la vuelta.

—No sé nada sobre cómo atrapar a un asesino en serie. Lo único que he hecho en mi vida es convertirme en esquiadora Olímpica. No me malinterpretes, el entrenamiento fue riguroso y me llevó años alcanzar mis objetivos. —Se subió la manga del jersey y señaló su codo—. Esta es la prueba de uno de los errores que cometí por el camino. Te ahorraré los demás, pero hay varios. Podría haberlo dejado después de la primera operación que me dejó fuera de juego. O después de la quinta. Pero no lo hice. En el fondo de mi corazón sabía que el esquí era algo que se me daba bien, a pesar de todos los errores que había cometido.

—No es lo mismo.

—Tienes razón. No lo es. Sin embargo, a mí me secuestraron y creí que iba a morir. Luego escapé. Otras mujeres no lo consiguieron. Ni siquiera sabemos cuántas son ni si hay otras que siguen cautivas como lo estuve yo. Si no hiciera algo para ayudar a atrapar a los responsables, no podría vivir conmigo misma. —Respiró hondo y exhaló lentamente. Una lágrima le recorrió la mejilla—. Puedes quedarte sentada sola en esta casa y negarte a escucharnos porque cometiste un error una vez. O puedes hacer lo correcto.

Ni ella ni Garrison dijeron nada más. Cuando salieron, él puso la mano en la espalda de su esposa.

✾ 3 ✾

MAYHEM

Por la expresión del rostro de Winslow, era evidente que Grace había rechazado nuestra petición de ayuda. Me sentí decepcionado, pero no sorprendido. Quizás no debería haber entrado en su casa sin haber sido invitado. Quizás no debería haber intentado disculparme. Quizás no debería haber venido aquí. El hecho de haberlo hecho demostraba algo de lo que Grace me había acusado muchas veces: que era un bastardo egoísta.

Tenía que verla. Tenía que mirar dentro de sus ojos color jengibre. Recorrer con la mirada todo su cuerpo, que ya no era mío. Rezar para poder acercarme lo suficiente como para oler el aroma a miel y azahar de su champú favorito. El hecho de haberme atrevido a acercarme y tocarla era una prueba más de lo egoísta *hijo de puta* que era.

Incluso ahora, casi una hora después, sentado en el asiento delantero del todoterreno que se dirigía al rancho King-Alexander, quería decirle a Steel que se detuviera y me dejara en medio de la nada para poder correr de vuelta y verla de nuevo.

—¿Crees que llamará? —Oí a Winslow preguntarle a Cowboy.

—Si no lo hace, hiciste todo lo que pudiste, nena. —Observé

por el espejo retrovisor cómo el hombre rodeaba con el brazo a su esposa y le besaba la frente—. Estoy muy orgulloso de ti, Winslow.

¿Por qué no pude haber sido ese tipo de hombre cuando Grace y yo estábamos juntos? Porque había estado ocultándole algo. Por eso. Un secreto que ella estuvo a punto de descubrir. Para cumplir una promesa, un pacto de sangre, que había hecho años atrás, destruí a la mujer que amaba.

Miré por la ventana, deseando poder olvidar las palabras que había pronunciado o la expresión de Grace cuando las dijo. Ambas me atormentaban y probablemente lo harían durante el resto de mi vida.

—Oye, Mayhem, creo que deberíamos quedarnos aquí un par de días más en lugar de volver ya a Austin —dijo Cowboy.

Miré a Steel.

—Me da igual —dijo encogiéndose de hombros—. Seguro que hay algún motel en esta carretera.

Tomamos una ruta diferente a la que habíamos tomado antes, ya que Steel pensaba que sería más rápida. Hasta el momento, no había visto ninguna construcción, y mucho menos un sitio donde alojarnos. La cobertura móvil tampoco existía.

—Quizás deberíamos dar la vuelta —sugerí.

—Nah, conozco esta carretera como la palma de mi mano.

¿No había dicho Steel, hace unos momentos, que *tenía* que haber un motel en esta carretera?

Habíamos recorrido otros diez kilómetros cuando el teléfono de Cowboy vibró. Saqué el mío, aliviado al ver que yo también tenía cobertura.

—¿Hey, Steel? —dijo Cowboy.

—¿Sí?

—Tenemos que dar la vuelta. Parece que Grace ha cambiado de opinión.

—¿Qué ha dicho? —preguntó Winslow.

—Nos pide que volvamos.

Aunque me sentí eufórico por un momento, recordé la razón por la que habíamos venido a esta parte de Texas. No tenía nada que ver con convencer a Grace de que me dejara formar parte de su vida de nuevo. Estábamos aquí con el único propósito de hacer el perfil de un asesino en serie. En lugar de arriesgarme a que cambiara de opinión y se negara a ayudarnos, juré no cometer los errores que había cometido hacía poco. En lugar de sacar a relucir nuestro pasado, prometí mantener una relación estrictamente profesional. Metí la mano en el bolsillo del pantalón, saqué la cartera y, a continuación, la goma elástica que guardaba en uno de los compartimentos. Me la coloqué en la mano izquierda y la ajusté a la muñeca.

—¿Para qué es eso? —preguntó Steel, mirándome.

—Para recordarme que no sea un gilipollas. —La golpeé contra mi piel una vez, por si acaso.

ENTRAMOS EN EL CAMINO DE ENTRADA Y APARCAMOS MÁS CERCA de la casa que antes. En lugar de salir cuando lo hicieron Cowboy y Winslow, me quedé en el vehículo.

—Yo, eh... tengo que ir al baño —dijo Steel.

Señalé la casa.

—Entra con ellos.

—¿Vas a esperar aquí? —preguntó.

—Será lo mejor. —Mientras tanto, buscaría lugares cercanos donde Winslow y Cowboy pudieran quedarse. Algo me decía que Grace no estaría dispuesta a trabajar en el centro de mando improvisado que habíamos montado en el rancho, donde yo pensaba volver. Había otros aspectos de la investigación en los que podía ser útil. De hecho, quizá lo mejor fuera ofrecerme a trabajar en el centro de mando oficial de Canada Lake, Nueva York. De esta forma, tendría la certeza de no volver a ver a Grace.

Negué con la cabeza y estiré la goma de mi muñeca. Al hacerlo, alguien me llamó la atención. Un hombre salió de una de las construcciones al norte de la casa. Llevaba pantalones, pero no camisa ni zapatos. Estiró los brazos por encima de la cabeza, como si acabara de despertar de una siesta.

Aunque debería haber apartado la mirada, lo observé con atención. Tenía el pelo oscuro como el mío, pero más corto, como lo llevaba yo cuando Grace y yo estábamos juntos. Tenía tatuajes que le cubrían la mayor parte del pecho y ambos brazos, como yo. También era evidente que hacía ejercicio con regularidad, a juzgar por la definición de sus músculos bajo la tinta.

Steel salió de la casa de Grace y se acercó al todoterreno.

—¿Crees que ese tipo se parece a mí? —le pregunté, dándome cuenta de lo tonto que sonaba en cuanto pronuncié las palabras.

—¿Dónde?

Señalé.

—Ahí. De pie en el porche.

Steel se encogió de hombros.

—No sé. Un poco. Quiero decir, es mucho más joven que tú.

¿Más joven que yo? Vale, quizá, pero desde luego no *mucho* más joven.

—Ya sabes, como si pudiera ser tu hijo.

—*¿Mi hijo?* —casi grité—. No puedes hablar en serio.

Cuando Steel se rio, me di cuenta de que estaba bromeando.

—¿Quién crees que es? —preguntó.

—Ni idea —respondí, observando cómo el hombre entraba, se ponía unas botas de vaquero y se dirigía hacia la casa, todavía sin camiseta.

Admitía que hacía bastante calor en esa parte del país, pero ir por ahí medio desnudo no me parecía apropiado.

En lugar de llamar a la puerta, el hombre la abrió y entró tranquilamente. Estuve a punto de seguirlo para ver qué hacía. En lugar de eso, estiré la goma de mi muñeca todo lo que pude sin romperla y la solté.

—Eso es muy raro, tío —dijo Steel, mirando hacia mi muñeca, ahora enrojecida.

Tuve que reconocer que sí. De hecho, mucho. Sin embargo, también era eficaz.

No habían pasado más de cinco minutos cuando la puerta se abrió de nuevo. Mientras esperaba que el peculiar hombre se marchara, Cowboy y Winslow lo hicieron en su lugar. Pude ver a Grace de pie justo dentro. El hombre que estaba a su lado parecía tener el brazo alrededor de sus hombros.

—¿Quién es ese? —solté en cuanto Cowboy se subió al todoterreno justo después de Winslow.

—Soj.

—¿Soj? ¿Es eso lo que has dicho?

—Sí. Como "sew", pero con una "j" al final.

Cowboy sabía perfectamente que cuando le pregunté quién era ese hombre, estaba buscando más detalles que su nombre.

—Le pedí a Decker que le enviara a Grace el informe completo. Dijo que se pondría en contacto cuando estuviera lista para empezar, pero que le diéramos un par de días —añadió, en lugar de darme más información sobre el hombre que seguía de pie junto a ella en la puerta.

—¿Qué hacemos entonces? ¿Volvemos al rancho?

—Sobre eso...

Miré por encima del hombro a Cowboy.

—Sigue.

—Grace dijo que preferiría trabajar aquí.

Volví la cabeza hacia la casa. La puerta principal estaba cerrada.

—No me sorprende.

—Dijo que creía que era mejor que nos quedáramos aquí también.

—Por supuesto —murmuré, deseando que Steel arrancara el motor y se pusiera en marcha.

—La cosa es que solo hay dos cabañas de invitados. Una tiene un dormitorio individual. La otra tiene dos.

Suspiré. Mi paciencia se estaba agotando.

—Garrison, por favor, ve al grano.

—Winslow y yo nos quedaremos en el dormitorio individual, obviamente. No estaba segura de si te sentirías cómodo quedándote en la otra.

—Dudo que yo entre en la ecuación. Al menos aquí, en Olmito.

—No. Quiero decir, ella te incluyó.

Me quedé atónito. Encantado, pero atónito.

—Vosotros dos podéis quedaros en la cabaña más grande si lo preferís.

—Ya hay alguien alojado allí. Tendríais que compartirla.

Steel giró bruscamente la cabeza en mi dirección.

—¿Cuál es? ¿Ha dicho si es esa? —Señaló hacia donde habíamos visto al hombre sin camiseta de pie en el porche.

—Sí, esa es —respondió Cowboy—. ¿Correcto? —le preguntó a Winslow.

—Sí. La compartirías con Soj.

Por el rabillo del ojo, pude ver la sonrisa burlona de Steel.

—No digas nada —murmuré entre dientes.

EL VIAJE DE VUELTA A KING-ALEXANDER SE ME HIZO terriblemente largo, como esperaba que lo fuera también el de vuelta a Olmito. Al menos entonces tendría la embriagadora expectación de volver a ver a Grace, *mi Hanadarko*.

Más de treinta centímetros más baja que yo, con un cuerpo sexy de cojones, nos separaban tres años de edad. Ahora tenía la misma edad que yo cuando nos conocimos. En años, al menos. Grace siempre había sido más sabia, más madura, literalmente más *todo*, de lo que yo había sido jamás. Era brillante, con un sentido del humor sarcástico y la determinación de alguien acostumbrado a levantarse por sus propios medios y "hacer lo que hay que hacer", como solía decir tan a menudo. Nunca había conocido a nadie como ella, ni siquiera remotamente, ni entonces ni desde entonces.

El sexo entre nosotros había sido explosivo. Su ardiente pasión era incomparable, lo que significaba que todas las amantes que había tenido desde entonces palidecían hasta el punto de aburrirme hasta la extenuación. Al final, dejé de intentarlo. Sabía desde el primer beso, quizá incluso antes, que no estaría satisfecho. En cambio, las fantasías con Grace se convirtieron en la única forma de liberarme del doloroso deseo que me abrumaba cuando soñaba con ella y me despertaba con una erección dolorosa o me permitía recordar cómo se sentía estar dentro de ella.

Con un deseo inapropiado creciendo, dado que todavía estábamos en el todoterreno y al menos a una hora de tener algo de privacidad, golpeé la goma elástica contra mi muñeca.

La mirada de reojo de Steel en mi dirección, seguida de su sonrisa burlona, me alegró de que no fuera a volver a Olmito con nosotros inmediatamente. Había tomado la decisión de que se quedara en King-Alexander después de que sugiriera que habría sitio para él en la cabaña de dos dormitorios si Grace accedía a dejar que Soj se quedara en la casa principal con ella.

UNA VEZ EN EL RANCHO, ME TOMÉ MI TIEMPO PARA REVISAR LAS notas del caso y reunir las diversas herramientas probatorias que había desarrollado desde que me uní a la investigación. Quizás inconscientemente, lo había organizado de la forma en que sabía que a Grace le gustaría analizarlo.

Aunque yo tenía tres años más de experiencia cuando empezamos a trabajar juntos, aprendí mucho de ella en lo que se refiere a la elaboración de perfiles. Era una forma completamente diferente a la que yo había aprendido de ver los puntos clave. Sin embargo, el hecho de saber cómo organizar y revisar las pruebas no significaba que tuviera la capacidad de procesarlas de la misma manera que Grace. Estaba seguro de que había innumerables piezas de información que yo consideraba irrelevantes y que ella encontraría cruciales.

Oí que Cowboy me llamaba.

—Aquí —respondí.

—Hey —dijo, entrando en el comedor, donde yo estaba colocando cosas sobre la mesa.

—¿Sabes algo de Grace? —pregunté, con la esperanza de que, si lo había hecho, no significara que ella hubiera cambiado de opinión sobre mi regreso a Olmito. Sin embargo, yo mismo había empezado a cuestionar la sensatez de mi decisión.

—No espero saber nada hasta mañana, como muy pronto. Supongo que no has comprobado el correo electrónico recientemente.

Levanté la vista.

—No.

—Los antropólogos forenses han enviado un informe preliminar.

—¿Y?

—Después de realizar pruebas aleatorias, creen que algunos de los restos óseos podrían tener cerca de cincuenta años.

—Dios mío. —Me agarré al respaldo de la silla más cercana—. ¿Cuántos?

—No han avanzado mucho más allá de catalogar los huesos y realizar algunas pruebas preliminares de ADN, principalmente para determinar si tendrían suerte antes de dedicar recursos a realizar más pruebas.

Si el equipo forense lograba confirmar su hipótesis sobre la antigüedad de los restos descubiertos en el fondo del lago, significaría que habían pasado al menos cincuenta años desde que al menos uno de los cuerpos de las víctimas fue arrojado al lago. Quizás otros resultaran ser aún más antiguos.

Ninguno de los tres sospechosos que habían sido identificados —dos de los cuales estaban confirmados como muertos y el tercero se daba por muerto—tenía la edad suficiente para haber cometido asesinatos más allá de los diez o quince años.

—Quiero comentarte algo —comenzó Cowboy.

Saqué una silla y me senté, indicándole que hiciera lo mismo.

—Adelante.

—Chink Arnst.

—El dueño de Vroomen. ¿Sí?

—Odio sacar este tema, porque el viejo me cae bien. Pero eso no significa que no sea un asesino.

—¿Qué piensas?

—Me rondan por la cabeza cosas sin importancia. Nada creíble, la verdad. Ha vivido toda su vida en la zona. Tuvo el contrato de recogida de basura durante bastantes años. Metió las narices un par de veces en lo que estaba pasando en el lago.

Nada de eso me parecía indicativo de un asesino. Particularmente de un asesino en serie.

—Esto parece tan descabellado como el resto, pero tiene una gran colección de cómics antiguos de Marvel, incluido el número cincuenta y cinco de *El Invencible Iron Man*.

—¿Relevancia?

—La primera aparición de Thanos.

De las pocas cosas que mencionó Cowboy, la última me pareció la más interesante.

—No sabía que fueras un aficionado a las novelas gráficas.

—Yo no, pero Buster sí. Él fue quien hizo que me llamara la atención.

—¿Algo más?

—Cuando le pregunté si era el dueño de Vroomen, me dijo que llevaba casi cincuenta años con él. Lo compró cuando el condado se hizo cargo del contrato de recogida de basura. Hasta entonces, había sido de su padre y, antes, de su abuelo.

Jugueteé con la goma que rodeaba mi muñeca, pero no la estiré.

—Cincuenta años...

—Correcto.

—Te sugiero que prepares un informe.

Cowboy asintió.

—Lo haré. —Se levantó, pero no se marchó—. Bueno, eh, siento haberle dicho a Grace que Winslow que no era tu mayor admiradora. No tenía nada que ver contigo.

Debería mantener la boca cerrada. Sin embargo, no pude evitar preguntarme cómo era posible que el hecho de que ella no me apreciara no tuviera nada que ver conmigo.

—Gracias por aclararlo. Me siento muy aliviado. Sinceramente, ya que estamos siendo sinceros, me importa un comino lo que Winslow o cualquier otra persona piense de mí. Estoy aquí para hacer un trabajo. —Yo también me levanté, pero, a diferencia de él, salí de la habitación sintiéndome un poco como un niño malhumorado.

Nunca me había considerado un ególatra, excepto cuando Grace me acusó de serlo. Tampoco había pensado mucho en si le *gustaba* a alguien. Parecía que a la mayoría de los que me conocían sí. Al menos lo suficiente.

—¿Va todo bien? —preguntó Steel cuando entré en la cocina y lo encontré sentado en la encimera, mirando algo en su portátil.

—Bien —respondí, sacando un vaso de la estantería y llenándolo hasta la mitad con whisky.

❧ 4 ❦

HANADARKO

—¿Te apetece dar una vuelta hoy? —preguntó Soj con su acento de Europa del Este.

—No puedo.

Esperó como si fuera a cambiar de opinión o a darle más información, pero no tenía intención de hacer ninguna de las dos cosas. Miré la pantalla del ordenador y el informe que había recibido ayer. Era la tercera vez que lo leía detenidamente. Mientras tomaba notas, apareció una alerta de correo electrónico en mi pantalla. Cuando vi de quién era, mi corazón dio un vuelco.

Mayhem. Dios Todopoderoso, lo que ese hombre me hizo. Habían pasado tres años desde la última vez que miré sus ojos color marrón dorado, pero el deseo que sentía por él no había disminuido. Ni siquiera la perspectiva de pasar el día con Soj, que normalmente me encantaba, me atraía.

Cuando lo conocí, me sorprendió lo mucho que se parecía a Mayhem. Después de verlos ayer tan juntos, me di cuenta de que no se parecían tanto como había pensado. Quizás a primera vista, pero Mayhem irradiaba una confianza, una sensualidad, —una sensualidad tan jodidamente sexy— que Soj no poseía. Al menos no para mí. No dudaba de que otras mujeres se mojaran las bragas cuando él entraba en una habitación. Yo nunca me había sentido tan atraída. En mi opinión, ningún hombre merecía la pena. Ni siquiera Mayhem. Si alguien me quería, que se esforzara. Si no, no tenía ningún problema en arreglármelas sola.

Hice clic en el correo electrónico. Era el primero que había permitido que me llegara desde el día en que me fui y nunca miré atrás. Solo había pasado una hora desde que lo desbloqueé. ¿Era una coincidencia que ya tuviera noticias suyas?

"Reporte Forense", decía el asunto. "Por favor, ver adjunto", era lo único que había escrito Mayhem. Por lo demás, solo había una firma. Mi decepción por la falta de más información era estúpida. Recuerdo cómo solía estar pendiente de cada palabra que decía ese hombre. Especialmente las más sexys.

Cerré los ojos y negué con la cabeza.

—¿Qué? —preguntó Soj.

Le dediqué mi mejor sonrisa.

—Nada, cariño. Sigue con lo que estabas haciendo. Seguro que tienes cosas mejores que hacer que mirarme.

Deslizó su dedo por mi brazo desnudo.

—Podría mirarte todo el día.

Me estremecí, y no de forma agradable, tratando de no apartar el brazo de su tacto.

—Podría prepararte el desayuno —se ofreció.

Incliné la cabeza.

—Sabes que no soy una chica de desayunos, Soj. Vete ya, que tengo trabajo que hacer.

Vi un destello de dolor en sus ojos, pero eso no me hizo cambiar de opinión. No mentía cuando dije que tenía cosas que hacer.

—Quizá más tarde podamos dar una vuelta.

Asentí sin levantar la vista del ordenador.

—Quizá —murmuré.

En lugar de volver al informe, abrí el reporte forense que me había enviado Mayhem. Cuando llegué al tercer párrafo, se me quedó la boca abierta.

El equipo forense *estimaba* que los buzos habían recuperado aproximadamente cuarenta cuerpos. Peor aún, tras realizar pruebas aleatorias, se creía que algunos de los huesos tenían más de cincuenta años.

—Joder —murmuré en voz alta, contenta de que Soj se hubiera ido, ya que me habría preguntado qué pasaba. Antes de seguir leyendo, cerré la puerta principal con llave y puse la cadena que ya nunca usaba.

Entré en la cocina, me puse de puntillas y agarré el cuello de la botella polvorienta que guardaba en el estante más alto al que podía llegar. Después de servirme dos dedos de Jack, me los bebí de un trago.

—Joder —repetí, esta vez en respuesta al ardor del licor más que al shock.

Me senté y busqué en el informe inicial información específica que no recordaba haber visto antes.

—Algún cabrón lleva matando gente cincuenta años —dije en voz alta, agachándome para rascar la cabeza de Millie, dándome cuenta entonces de que probablemente tenía hambre. Me levanté y fui a la cocina, donde me serví otro par de tragos mientras observaba a mi dulce perrita devorar la comida que le había echado en el cuenco. La señora del refugio de animales dijo que era una perra mestiza, pero según el veterinario, era más probable que fuera una terrier de pura raza, de la variedad pitbull.

—¿Adivina quién ha vuelto a la ciudad, Millie? —le dije cuando me miró y luego volvió a mirar su cuenco vacío. Me agaché para poder rodearle el cuello con el brazo—. Mayhem. El hijo de puta —murmuré.

No me sorprendió que Milagro gimiera al oír su nombre.

—Eres un maldita traidora. —Me levanté y le rasqué las orejas

—. Han pasado tres años y tú tampoco lo has olvidado, ¿verdad, chica? —Me apoyé en la encimera y crucé los brazos—. Nos destrozó. Supongo que tú has olvidado esa parte. —En lugar de servirme más whisky, agarré la botella, la llevé a mis labios y di un trago. Probablemente ya estaba un poco borracha, pero me daba igual. Ahí estaba yo, haciendo dos cosas que me había prometido no volver a hacer nunca: buscar a un asesino en serie y, lo que era peor, trabajar en un caso con Mayhem.

—Aunque formábamos un buen equipo. ¿Verdad, Mil? Cuando no tenía la cabeza en las nubes.

Di otro trago antes de verter el resto del contenido de la botella por el desagüe. Quizá me arrepintiera más tarde, pero ya me estaba encaminando por el camino de los recuerdos que tanto había intentado evitar. Ahora, ya no había elección. Emborracharme—aún más—solo iba a empeorar las cosas.

—Maldito Mayhem.

HACE CUATRO AÑOS, ENTRÓ EN LA OFICINA DEL FBI COMO SI EL mismísimo Dios hubiera descendido sobre el lugar. Todas las mujeres del edificio, que no eran muchas, casi se caen de la silla. Pero yo no. ¿Y a quién se dirigió directamente?

—Hola. —La palabra salió de su boca como miel.

—Hey —dije, levantando la vista solo un segundo cuando apoyó su perfecto trasero en la esquina del escritorio que se había convertido en el mío cuando mi padre se jubiló de esta misma oficina, dos semanas antes de sufrir un infarto masivo y dejar viuda a mi madre.

—¿Usted es Grace Hunter, verdad?

Me recosté en la silla, entrelacé los dedos y puse las manos detrás de la cabeza. En lugar de hablar, esbocé mi mejor sonrisa burlona y lo estudié.

—Estoy aquí por un caso.

Levanté la vista hacia la mujer que estaba de pie con los brazos cruzados, apoyada en el marco de la puerta de su oficina.

—¿Ha oído, jefa? Este tipo viene por un *caso*.

—Sabía que iba a venir, Agente Especial Hunter, igual que usted. —Sonrió y me guiñó un ojo.

Me incliné hacia delante y apoyé los codos en el escritorio cuando ella se acercó.

—Soy la Agente Especial Williams.

—Emmett Gable —respondió él, estrechándole la mano que ella le tendía.

—¿Qué les parece si los tres pasamos a la sala de conferencias? —Se dirigió hacia allí sin esperar a que ninguno de los dos respondiera. Yo no me levanté de inmediato. En lugar de eso, esperé a que él levantara el trasero de mi escritorio. Luego, cuando me indicó que pasara primero, negué con la cabeza y me fijé en la tinta de su mano derecha.

Él la extendió para que pudiera verla mejor. Representaba una cruz roja dentro de lo que parecía una ventana que encontrarías en una iglesia. Entre el segundo y el tercer nudillo de su dedo índice había un número romano, el uno. En el mismo lugar de su dedo medio había otro número romano, el dos.

—¿Qué es esto? —le pregunté, estirando de la goma elástica de la muñeca.

—Un recordatorio. —Señaló la sala de conferencias—. ¿Vamos?

—Los caballeros primero.

Emmett Gable sonrió y se inclinó hacia mí para que su boca quedara cerca de mi oído.

—Yo no soy un caballero, Grace.

ME ESTREMECÍ CUANDO LA MISMA FRIALDAD SE APODERÓ DE MÍ como lo había hecho ese día. Cuando me senté en el sofá, mi perra saltó y puso la cabeza en mi regazo.

—¿Qué vamos a hacer, Millie? —Apoyé la cabeza en el cojín y cerré los ojos, recordando la tinta que cubría la espalda de Mayhem. En los omóplatos se leía: "Vive para Nada o Muere por Algo".

Ahí fue donde me equivoqué. Yo había vivido para algo: *él*.

MAYHEM

G olpeé con el dedo el borde de mi portátil, justo a la derecha del botón de borrar. Estaba mirando fijamente la pantalla, tratando de decidir si enviar un correo electrónico al hombre que me había pedido inicialmente que me uniera a esta investigación. Aunque Doc Butler era un amigo muy querido, su esposa, Merrigan, se había convertido en una hermana para mí cuando servimos en el Servicio Secreto de Inteligencia del Reino Unido, también conocido como MI6.

—Maldito infierno —murmuré, sabiendo que tenía que decepcionar a Merrigan porque la alternativa sería destruirme a mí mismo. Ella podía soportar la decepción mucho mejor que yo soportar que me arrancaran el corazón del pecho cada día. Porque estar en presencia de Grace, sin poder tenerla entre mis brazos, llevar mis labios a los suyos y unir nuestros cuerpos al final de cada día, sería casi el peor dolor que había sentido en mi vida. *Casi.*

El peor día de mi vida fue cuando pronuncié las palabras que esperaba que la disuadieran de seguir buscando, pero que en cambio la aniquilaron. Quería que lo dejara estar, que abandonara su obsesiva necesidad de entender, de saber, lo que había sucedido aquel fatídico día en Grecia. No era mi vida la que había cambiado con un solo y horrible disparo. Era la de Bryar, pero no solo la suya, sino la de todos los miembros de su familia. Lo poco que quedaba de ella, al menos, el día en que murió su padre.

Había prometido no contarle a nadie lo que había pasado en aquella playa. Había jurado por mi propia vida que no revelaría lo que ella y yo habíamos visto. Yo solo había sido un testigo, un espectador, a diferencia de Bryar, cuya existencia había cambiado profundamente. Más tarde, descubrí que no era tan espectador como creía cuando me di cuenta del papel que había desempeñado alguien de mi propia familia en la tragedia.

Fue culpa mía que Grace se enterara de lo de Bryar. Una vez que lo supo, una vez que le confesé que había algo en nuestro pasado común de lo que nunca hablaría, ni siquiera con ella, la red de protección que había tejido alrededor de Bryar y de mí comenzó a desmoronarse. Ocurrió tan rápido que, una vez que la bola empezó a rodar, no pude hacer nada para detenerla. Salvo hacerle creer a Grace que su obsesión por el secreto que mi amiga y yo compartíamos era la razón por la que había jodido la investigación sobre un hombre que, hasta hacía poco, era el asesino en serie más prolífico del mundo.

Luego le clavé el cuchillo más profundamente cuando le dije que la sangre de dos vidas inocentes estaría para siempre en sus manos, todo porque se había negado a mantenerse al margen de algo que no era ni sería nunca asunto suyo.

Lo que presencié a continuación puso de manifiesto el daño irreparable que había causado con mis palabras equivocadas, imprudentes y desconsideradas. Por mucho que viviera, nunca olvidaría el dolor que vi en sus ojos. Era como si fueran una ventana a través de la cual podía ver cómo se rompía su alma.

Ese día perdí a Grace. Para siempre. Supe, en un abrir y cerrar de ojos, que ella nunca podría *olvidar* mis palabras, del mismo modo que yo no podía tragármelas.

Tontamente, pensé que podría disculparme cuando estuvimos juntos en el porche de su casa. Qué idiota fui al creer que cualquier muestra de arrepentimiento haría que me odiara menos de lo que sabía que me odiaría durante el resto de su vida.

Peor que no poder tocarla era saber que, si seguía con la investigación, cada día me vería obligado a ver cómo lo hacía otro hombre. Un hombre que, según Steel, parecía que podría ser mi maldito hijo.

¿Era un cobarde? No solo uno, sino el mayor de los cobardes. No era lo suficientemente valiente como para soportar ese dolor. Eso no me dejaba otra opción que renunciar al caso. Creía con todo mi corazón que Grace era la clave para descubrir quién era el asesino en serie y poner fin a su reinado de terror. Esa creencia era lo único que me permitiría vivir conmigo mismo después de marcharme.

Aparté el ordenador a un lado, me tumbé en la cama y me quedé mirando al techo. Hoy no sería el primer día en el que no podía contener las lágrimas mientras revivía su dolor y lamentaba lo que podría haber sido.

Había amado a Grace Hunter. No, todavía la amaba. No habría otra mujer para mí en esta vida. No es que creyera necesariamente en la reencarnación. Sin embargo, si existiera, no dudaba de que mi penitencia se trasladaría a mi próxima vida y a todas las siguientes.

Pensar que había días en los que había descansado la cabeza sobre el vientre de Grace mientras dormía, imaginando lo felices que seríamos los dos el día en que nuestro hijo creciera dentro de ella.

Ahora no habría hijos. Al menos no para mí. Quizás Grace y Soj tendrían los suyos. O Grace y algún otro hombre sin nombre y sin rostro al que yo era demasiado cobarde para llegar a conocer.

Cuando oí que llamaban a la puerta, me sequé las lágrimas y me levanté para ir a abrir.

—He hablado con Grace —informó Cowboy.

—Más pronto de lo que esperabas.

Él asintió.

—Le dije que estaríamos allí por la mañana.

—Bien, bien —murmuré, sabiendo que ya no tenía tiempo para enviar un correo electrónico a Merrigan. Tendría que llamarla para que enviara a alguien en mi lugar. Si me lo pedía, recomendaría a Steel. Pero no como sustituto mío. La verdad era que no me necesitaban. Cowboy era un investigador excelente. Él y Grace podían hacerse cargo y formarían un equipo extraordinario.

—¿Os vais esta noche, entonces? —pregunté, al darme cuenta de que había dicho que le había dicho a Grace que llegarían por la mañana.

—He pensado que podríamos salir entre las dos y las tres cero cero. Así llegaríamos entre las ocho y las nueve cero cero.

Un silencio incómodo que se prolongó demasiado entre nosotros.

Él entrecerró los ojos.

—¿Mayhem?

Me froté la cara, sabiendo que le debía una explicación tanto a él como a Merrigan. Se merecía oírlo de mi boca.

—Renuncio a la investigación —solté de golpe—. Es lo mejor.

—Te diré lo que es: es el clavo en el ataúd de Grace ayudarnos.

—¿Qué quieres decir?

—No sé qué coño pasó entre vosotros dos, pero fuera lo que fuera, ella anticipó que harías esto y dejó claro que, si lo hacías, ella lo dejaría antes de empezar.

—Lo dudo...

—Sus palabras exactas fueron: "Si ese *hijo de puta* de Mayhem intenta hacer una gilipollez como retirarse del caso, le dices que si quiere arrastrarme por esta carretera al infierno, tendrá que venir también". —Las palabras las pronunció Winslow, que ahora estaba de pie junto a su marido.

—No lo dice en serio —dije tan bajo que solo se oyó un susurro.

—Seguro que sí —respondió Cowboy.

—Así que, sé un puto hombre —añadió Winslow—. Ella dijo que te lo dijera también.

Arqueé una ceja. Grace quería castigarme. No era menos de lo que me merecía. Una penitencia apropiada.

❧ 6 ❧

HANADARKO

Repasé el informe varias veces más, subrayando las cosas en las que quería profundizar, creando una lista de preguntas sobre casi todos los detalles e intentando no pensar en que, a esa hora del día siguiente, Mayhem y yo volveríamos a trabajar juntos en una investigación.

Si alguien me hubiera dicho que era posible, lo habría llamado mentiroso y tonto. Ahora era yo quien era más tonta que mentirosa. ¿En qué estaba pensando cuando le exigí que regresara con Cowboy y Winslow?

Acaricié la cabeza de mi perra, que descansaba sobre mi pierna.

—Lo sé, Mil. Soy una maldita idiota. —Ahora que lo había vuelto a ver, que había sentido el calor de su mano en la parte baja de mi espalda, que lo había mirado a los ojos y había oído su voz, no podía soportar la idea de que tal vez nunca volvería a hacerlo. Lo conocía lo suficiente como para predecir que se ofrecería a no volver a Olmito, por mi bien. El bastardo siempre había sido noble.

¿No era esa la razón por la que se había esforzado tanto para evitar que descubriera el misterio de lo que había pasado entre

Bryar Davies y él hacía tantos años? Al final, no había sido *entre* ellos dos en absoluto. Los celos ciegos me habían consumido, haciendo que desviara mi atención de la investigación que debería haber sido mi única prioridad. Al final, lo había destruido todo por negarme a ceder. A mí misma, a él, la vida que habíamos planeado compartir juntos y, lo que es peor, mi carrera.

No, eso no había sido lo peor. Lo peor era haber bajado la guardia, lo que había provocado la muerte de dos víctimas más. Si hubiera mantenido la concentración, habría atrapado a ese hijo de puta antes de que llegara a ellas, antes de que primero las violara, luego torturara y finalmente asesinara a dos niñas cuyas vidas acababan de empezar.

¿Y para qué? Para indagar en algo que no tenía por qué salir a la luz. Algo que debería haber permanecido enterrado para siempre.

El hecho de que me negara a abandonar mi búsqueda de la verdad, incluso después de alejarme de Mayhem, significaba que era yo quien debía asegurarse de que él y yo nunca volviéramos a estar juntos. Una vez que descubriera lo que había hecho, lo que sabía, él sería quien nunca me perdonaría.

Después de montar una "sala de guerra" para la investigación, miré la hora y me sorprendió ver que eran las dos cero cero. Dado que Cowboy había dicho que llegarían entre las ocho y las nueve cero cero, pronto estarían en camino. Aún tenía tiempo para retirar mi petición de que Mayhem participara. De hecho, podía pedir lo contrario. Negué con la cabeza. Cowboy y Winslow ya habían sido testigos de suficiente drama por mi parte. En su lugar, haría lo que les había dicho que le dijeran a Mayhem. Sería un puto hombre. En esta ocasión, me centraría en lo importante: encontrar a un asesino en serie. Sin embargo, por todo lo que había leído, no estábamos buscando a uno solo. Parecía más bien una red de asesinos.

Finalmente, una hora más tarde, me metí en la cama, dudando de que pudiera conciliar el sueño. Cuando me desperté, lo que me parecieron cinco minutos después, Milagro estaba de pie en la puerta del dormitorio, gimiendo.

—¿Tienes que salir, chica? —Me levanté de la cama, sorprendida al ver lo tarde que era. Había dormido más de la hora a la que debían llegar Mayhem, Cowboy y Winslow—. Argh —gruñí al mirar por la ventana y ver un todoterreno en la entrada. Para colmo, Soj estaba de pie junto a la puerta del pasajero, hablando con el hombre que supuse era el motivo por el que Millie estaba armando tanto alboroto.

—No te atrevas a alegrarte de verlo —le dije, sabiendo perfectamente que mi perra se volvería loca en cuanto viera a Mayhem.

Antes de dejar salir a Millie, me miré en el espejo y volví a gruñir al ver las ojeras, la piel pálida y las arrugas que una mujer de veintinueve años no debería tener.

—Buenas noticias. No pensará que me he arreglado para verlo —murmuré, abriendo la puerta del dormitorio.

Me tomé mi tiempo para ponerme las botas y luego caminé hacia la cadena para desbloquearla y abrir la cerradura.

—Te lo advierto, si corres hacia él, no tendrás ningún hueso durante un mes.

Milagro ni siquiera me miró. En cuanto pudo pasar el cuerpo por la abertura, corrió directamente hacia Mayhem. No me sorprendió. Sinceramente, yo quería hacer lo mismo. Especialmente cuando nuestras miradas se cruzaron mientras él se agachaba para acariciar las orejas de Millie.

Lo que daría por poder volver atrás y hacerlo todo de otra manera. Mantener mi mente donde debía estar en lugar de obsesionarme con el papel que Bryar Davies había desempeñado en la vida de mi entonces novio.

Winslow fue la primera en acercarse mientras yo estaba en el porche, observando la escena que se desarrollaba frente a mí e intentando no cruzarme con la mirada de Soj, que entrecerraba los ojos. El hombre sabía que yo tenía un perro, pero rara vez lo había visto.

—Gracias —dijo Winslow, de pie a mi lado.

—Teniendo en cuenta que aún no he hecho nada, quizá deberías contener tu gratitud.

Ella se encogió de hombros.

—Estás ayudando. Por ahora, eso es suficiente.

Cuando Mayhem y Cowboy caminaron en mi dirección, bajé del porche y me acerqué a Soj.

—Cerraste la puerta —dijo en voz baja cuando me acerqué lo suficiente como para que nadie más pudiera oírnos.

—Tenía trabajo que hacer.

Él asintió con la cabeza hacia el porche, donde Mayhem estaba sentado en el escalón superior, con la cabeza de Millie apoyada en su muslo.

—¿Quién es él para ti?

—Un viejo amigo. No es asunto tuyo.

Soj arqueó una ceja.

—Tú eres asunto mío.

Di una suave patada al suelo con la punta de la bota y le sonreí.

—No lo soy.

—¿Por él?

Apoyé las manos en sus antebrazos.

—Por mí.

—¿Quieres que me vaya?

Volví a dar una patada al suelo y miré hacia el porche, deseando que Soj me diera un cigarrillo.

—No.

—Pero cerrarás la puerta con llave. —Sacó un cigarrillo y lo encendió.

Se lo arrebaté de la boca y le di una calada.

—Estamos trabajando en un caso. Uno importante. No voy a tener mucho tiempo libre. ¿Me entiendes?

Él asintió.

—Quieres que me vaya.

Di otra calada, le devolví el cigarrillo y me alejé.

—Ven a cenar esta noche —le dije por encima del hombro.

Mayhem acariciaba distraídamente la cabeza de mi perra mientras me veía caminar hacia él. Sí, mi cara podía parecer una mierda, pero mi cuerpo era otra historia. Me esforzaba mucho por mantenerlo en forma. Más aún desde que dejé el FBI y tenía poco más que hacer.

Era bajita, pero tenía un buen golpe, como solía decir mi bisabuela. Con metro y sesenta y dos de altura y cincuenta y cuatro kilos, probablemente un viento fuerte podría derribarme. Sin embargo, era mi "figura perfecta de reloj de arena" —otra vez, algo que decía mi bisabuela—lo que hacía que los hombres me miraran de la misma manera que Mayhem ahora. No dudaba de que Soj estuviera igualmente fijado en mi trasero.

—¿Quién es? —preguntó Mayhem cuando me acerqué.

Me reí.

—Literalmente lo que ha dicho.

—¿Le correspondes?

—Sí. —Pasé junto a él—. Vamos, Millie. Tenemos trabajo que hacer. —Ella no me siguió, la muy perra. En lugar de eso, esperó a que Winslow, Cowboy y Mayhem entraran. En realidad, solo Mayhem.

—Vaya —murmuró Winslow cuando la llevé a la habitación donde había colocado varias pizarras blancas. Dos para las víctimas, dos para los sospechosos, otras dos para las preguntas y, por último, dos más para las pruebas. Tenía más guardadas en un dormitorio trasero por si las necesitábamos.

—Se parece a la que trajiste —le dijo Cowboy a Mayhem.

—Ella siempre me ha superado.

—El baño está al final del pasillo. La nevera está llena de cosas para beber. Tengo aperitivos, pero ya decidiremos qué comeremos sobre la marcha. Soj puede pedir comida para llevar. —Miré a Mayhem, que sostenía una foto enmarcada de mi bisabuela y yo.

—¿Cómo está Meemaw? —dijo, colocando el marco donde estaba—. ¿Cuántos años tiene? ¿Ciento...?

—Tres —respondí antes de que terminara la pregunta. Cumplió cien años menos de un mes después de que dejara a Mayhem y jurara que nunca volvería a mirar atrás. Meemaw me había dejado llorar en su hombro y luego me había dicho que me espabilara cuando decidió que ya había visto suficientes lágrimas.

Me habían puesto el nombre de mi querida bisabuela, Grace Hanadarko, y fue Mayhem quien me llamó por primera vez por su apellido. Se quedó y pronto sustituyó a mi anterior nombre en clave, Huntress, que detestaba. Sin embargo, nadie con quien trabajábamos en lo que sería mi último caso conocía su significado.

—Es toda una dama.

Mis ojos se encontraron con los suyos. Sabía lo que estaba tramando. Cuando se refirió a ella de esa manera la primera vez que se conocieron, ella respondió que no era una maldita dama, sino una "puta mujer".

No era solo yo quien maldecía como un marinero. Según cuenta la historia, una de mis primeras palabras fue "mierda", después de pasar una tarde con ella. Mi Geepaw, su hijo, le echó un montón de broncas por eso hasta que, menos de cinco minutos después, mi propia madre soltó la palabra.

—Empecemos —espeté, odiándome por haberle presentado a la mujer que significaba más para mí que nadie en el mundo. Luego le había puesto en segundo lugar, incluso por delante de mis padres y mis abuelos.

—Iré a por tu pizarra —se ofreció Cowboy.

—Ya la traigo yo —replicó Mayhem, que ya estaba saliendo por la puerta.

—Os lo advierto: puedo ponerme un poco intensa —les dije cuando se hubo alejado lo suficiente.

La sonrisa burlona de Cowboy me indicó que ya le habían informado de mi estilo de investigación. La verdad era que prefería trabajar sola, hasta que apareció Mayhem. Era el único hombre, la única persona con la que había trabajado que podía seguirme el ritmo. Mientras que el resto de los agentes podían aportar alguna idea aquí y allá, Mayhem estaba ahí conmigo, disparando tan rápido como yo. Dios, había sido estimulante. Odiaba lo mucho que lo echaba de menos. Ahora, aquí estaba, a punto de volver a saltar de nuevo con los dos pies. *Joder.*

7

MAYHEM

Soj estaba de pie en el porche de la cabaña, fumando un cigarrillo, cuando salí al todoterreno para coger la pizarra de las víctimas que había traído conmigo.

La verdad, me sorprendió que Grace no hubiera preparado una ya a partir del informe que le había enviado Decker Ashford.

Observé cómo Soj tiraba la colilla al suelo y la apagaba con sus botas de punta cuadrada. Todo el tiempo, sus ojos me seguían.

En lugar de sacar la pizarra de la parte trasera, cogí mi equipaje y me acerqué a él, que estaba de brazos cruzados.

—Entiendo que yo también me quedaré aquí. —Aunque él era grande, yo era más grande, así que cuando se interpuso en mi camino, lo empujé. Si ese cabrón quería un enfrentamiento por Grace, se iba a llevar la pelea más sangrienta de su vida.

Recorrí el pasillo con el mismo aire que había tenido al llegar a la cabaña y tiré mi bolsa sobre una cama perfectamente hecha. Esperaba encontrarlo en la puerta cuando me di la vuelta, pero no estaba. Una vez de vuelta en el pasillo, vi una puerta abierta que antes estaba cerrada. Me detuve, pero no crucé el umbral. Soj estaba metiendo ropa en una bolsa de cuero.

—¿Vas a alguna parte? —le pregunté.

—Mi trabajo ha terminado.

Arqueé una ceja.

—¿Tienes intención de decirme lo que significas para ella? —preguntó.

—No.

—Entonces, no lo esperes de mí. —Me empujó como yo había hecho con él. Lo seguí fuera, pero cuando dio la vuelta al edificio, me quedé donde estaba. Segundos después, oí el ruido de un motor arrancando. Salió en un Porsche 911 de mediados de los setenta en perfecto estado.

Como la ventanilla estaba bajada, me acerqué.

—¿Te vas sin despedirte? —le pregunté.

Él apartó la mirada y luego volvió a mirarme.

—Ella se despidió anoche cuando me dejó fuera.

Di un paso atrás cuando puso el coche en marcha y aceleró. Saqué el móvil del bolsillo y llamé a Steel.

—Tengo una matrícula que quiero que compruebes.

—Entendido —respondió.

Colgué y le envié un mensaje de texto.

Después de dar una vuelta para recoger la pizarra por la que había salido, la llevé dentro.

—La pizarra de víctimas, pero solo los asesinatos más recientes. Solo cuatro.

Grace estudió la pizarra.

—Cuatro —susurró, estudiando los nombres—. Emily, Melissa, Janine y Betsy.

Ella fue quien me enseñó a llamarlas por su nombre. "Di su nombre", me dijo. "Respeta la vida que vivieron." No eran víctimas, eran personas. Habían perdido vidas que una vez fueron plenas.

Había muchas cosas que apreciaba y admiraba de la mujer que tenía delante, pero esa lección más que ninguna otra. La llevaría conmigo el resto de mi vida, avergonzado por la cantidad de personas a las que no había respetado antes de conocerla.

Había una montaña de pruebas que examinar. No tenía ninguna duda de que ella querría analizar cada uno de los detalles.

Seguí su mirada cuando se volvió hacia Winslow. Sabía lo que iba a pasar. Grace iba a advertirle.

—Esto es lo más difícil que harás en tu vida —dijo, confirmando mi predicción—. Estas mujeres, y todas las demás que murieron a manos de un asesino, merecen justicia.

—Lo sé —dijo Winslow—. Por eso estoy aquí.

Grace asintió.

—Por eso estoy aquí yo también.

Esta vez, Winslow asintió.

—A medida que avancemos en esto, llorarás, te enfadarás, caerás en la desesperación, sentirás náuseas, experimentarás emociones que no sabías que existían, sentirás que no puedes ver ni una foto más, ni hablar de un asesinato más... Eso es solo una parte de lo que vas a pasar si sigues participando en esta investigación.

—Lo sé.

Grace negó con la cabeza.

—No lo sabes.

Winslow mantuvo la mirada fija en Grace, pero no dijo nada.

—Si tu instinto te dice que te vayas, tienes que confiar en él. Ya sea cinco minutos para recomponerte, toda la noche para dormir y pensarlo, o para dejarlo por completo.

Esperaba que Winslow discutiera, pero no lo hizo.

Grace me miró y luego miró a Cowboy.

—Aceptaremos cualquier decisión que creas que debes tomar. Lo único que no aceptaré es que lo hagas en esta habitación. Sal fuera. Aquí dentro no se llora. ¿Lo entiendes? Tenemos que estar concentrados al cien por cien en el trabajo que hemos venido a hacer. —Grace me miró—. Vamos a detener a esos asesinos y rezaremos para que podamos hacerlo antes de que se pierda otra vida más.

—Sí —murmuré, de acuerdo pero, sobre todo, aceptando su promesa de hacerlo de otra manera esta vez.

Grace se volvió hacia Winslow, que dijo que sí, como yo.

Cowboy hizo lo mismo cuando la mujer que había tomado el mando de la sala le pidió su compromiso.

—Antes de empezar, ¿cómo se involucró la empresa para la que trabajáis? —preguntó Grace.

Miré a Cowboy, que asintió para que continuara.

—K19 Soluciones de Seguridad fue contratada para ayudar en la investigación de tres secuestros y posteriores asesinatos cuando las familias de las víctimas creyeron que la policía local no estaba haciendo suficientes progresos.

—¿Por qué contactaron con K19? —preguntó Grace.

—Yo me pregunté lo mismo —dijo Cowboy—. Resulta que la madre de la primera víctima compartió habitación con la madre de Gunner Godet en la universidad.

Aunque no pude ver ningún signo físico, sabía que Grace estaba en guardia.

—Emily —dije—. Ella fue la primera en términos de cómo K19 se involucró en la investigación.

En cuanto a la conexión a través de la madre de Gunner, tenía sentido, dado que él era uno de los socios fundadores de la empresa.

—Ya que estamos hablando de Emily... —Me levanté y me acerqué a la pizarra de víctimas—. Sus padres estaban fuera de la ciudad y denunciaron su desaparición después de no poder contactar con ella durante tres días. Dos días después de la denuncia, recibieron la demanda de rescate de tres cuartos de millón de dólares.

Grace arqueó una ceja.

—Les dieron veinticuatro horas para entregarlo, lo que significa que los secuestradores ya tenían intención de matarla —añadí.

Ella asintió.

—Continúa.

—Su cuerpo fue descubierto dos días después. La causa de la muerte fue un traumatismo por objeto contundente. No hubo agresión sexual.

Grace se puso de pie.

—La hora de la muerte se estimó dos días después de pedir el rescate. ¿Un día antes de que encontraran el cuerpo?

—Correcto. Se cree que fue secuestrada en Lake Placid, donde residía. Su cuerpo fue descubierto en Speculator, una ciudad a unos ciento sesenta kilómetros al suroeste.

—Espera —dijo Grace, saliendo de la habitación. Cuando regresó, colocó otra pizarra blanca en el caballete donde antes estaba la pizarra con los sospechosos. Puso un punto azul cerca de Lake Placid en el mapa que había en la pizarra y otro en Speculator.

—¿Me he dejado algo de Emily? —pregunté, mirando a Cowboy.

—Vamos a pasar por una visión general básica y luego volvamos sobre ello —sugirió Grace.

—El siguiente asesinato denunciado tuvo lugar en Peck Lake, a sesenta y cuatro kilómetros al sur de Speculator —continué—. Los padres de Melissa también estaban fuera de la ciudad...

—Espera. —Grace se inclinó para escribir algo en su portátil —. ¿La edad de Emily? No la encuentro.

—Veinticuatro —respondió Cowboy.

—La misma que yo —añadió Winslow.

—¿Melissa?

—También veinticuatro —respondí.

Grace se acercó a la pizarra y añadió una columna para las edades. Trazó una segunda línea vertical.

—¿Emily vivía con sus padres?

—Afirmativo.

—¿Melissa?

—Sí. La dirección legal es la de sus padres. Estudia en la universidad de New Hampshire, pero había vuelto a casa para las vacaciones de verano. Sus padres estaban de vacaciones cuando la secuestraron —dije, mirando mis notas.

—¿Dónde en New Hampshire? —preguntó Winslow.

—Dartmouth.

—Yo me gradué en Dartmouth.

—Igual que Maisie, la esposa de Diesel —dijo Cowboy.

—¿Qué hay de Emily y Janine? ¿También estudiaron en Dartmouth? —preguntó Grace.

—Negativo —continuó Cowboy, mirando su ordenador—. Emily fue a Plymouth State y Janine asistió al Lebanon College.

—Ninguna de las dos está lejos de Dartmouth —dijo Winslow.

Esperé mientras Grace añadía la información de las universidades a la pizarra.

—Janine tenía veinticinco años —dije cuando terminó.

—Nos desviamos. ¿Por dónde íbamos? —me preguntó ella.

—Melissa.

—Sí. Continúa.

—Se cree que fue secuestrada de la casa de sus padres según los registros de su teléfono móvil. Una demanda de rescate se informó al día siguiente.

—¿La cantidad?

—Ochocientos veinticinco mil. Les dieron cuatro días para entregarlo. Tres días después, el cuerpo de Melissa fue encontrado en el bosque, a aproximadamente medio kilómetro de su casa.

—¿Después? ¿Qué pasó?

—Lo siento —murmuré—. La demanda de rescate llegó el 10 de septiembre. Se pagó el 14 de septiembre y su cuerpo fue hallado el 17 de septiembre.

—¿Se pagó el rescate? ¿El de Emily?

—Afirmativo. Al igual que el de Janine.

Grace apoyó el trasero en la mesa donde estaba su portátil.

—¿K19 se involucró después de que se pagaran los rescates?

—Correcto.

—¿Y el FBI?

—Su participación fue simultánea a la de K19 —dijo Cowboy.

—¿Por qué? —preguntó Grace.

—Los delitos se cometieron en tres condados diferentes, por lo que intervinieron tres organismos policiales distintos —respondí.

—Cuánto tiempo transcurre entre...

—El cuerpo de Emily fue descubierto el 25 de agosto; el de Melissa, veintitrés días después, el 17 de septiembre. El de Janine fue encontrado treinta y dos días después, el 19 de octubre.

—Nadie lo relacionó antes —murmuró Grace.

—No es raro —respondí.

—¿Qué relación había entre las tres familias?

—Buena pregunta —dijo Cowboy—. Comparten abogado. Un tipo llamado Francis Arnst. Hombre local. Muy conocido. Lleva aquí toda la vida.

—Define toda la vida.

Ahora que habíamos puesto la bola a rodar, por así decirlo, estaba expectante por la siguiente pregunta de Grace.

—Lleva ejerciendo cincuenta y siete años.

—Jesús —murmuró ella—. ¿Cuántos años tiene este tipo?

—Ochenta y pocos.

—Es el que recomendó a las familias que pagaran el rescate, ¿verdad? Estúpido de mierda. —Ella negó con la cabeza—. Ciertas profesiones deberían tener requisitos de jubilación obligatoria. —Grace miró la pizarra—. La causa de la muerte de Melissa fue estrangulamiento.

—Sí. Y fue agredida sexualmente.

Los ojos de Grace se encontraron con los míos.

—Vaginal, anal y oral, a juzgar por las lesiones —respondí sin que ella tuviera que preguntar.

—Pero no semen.

—Correcto.

Grace cruzó los brazos.

—Hablemos de Janine.

Repasé los detalles de la tercera víctima. Se creía que había sido secuestrada el 29 de septiembre. Sus padres recibieron una demanda de rescate el 2 de octubre y, al igual que las otras dos familias, la habían pagado. Esta vez, era por un millón y medio de dólares.

—Esta es la parte difícil —dije, suspirando antes de continuar—. Según el forense, la fecha de la muerte de Janine fue el 17 de octubre.

—Mierda. —Grace se levantó y empezó a dar vueltas—. Dieciocho días.

—La causa de la muerte fue un traumatismo por objeto contundente.

—¿El mismo tipo de agresión sexual? —preguntó ella.

—Afirmativo.

—Maldito hijo de puta. —Oí decir a Grace mientras salía furiosa por la puerta.

Recordé sus palabras a Winslow.

—Si tu instinto te dice que te vayas, tienes que confiar en él. Ya sea cinco minutos para recomponerte, toda la noche para dormir y pensarlo, o para dejarlo por completo. —Y había añadido—: Aceptaremos cualquier decisión que creas que debes tomar. Lo único que no aceptaré es que lo hagas en esta habitación. Sal fuera. Aquí dentro no se llora.

Aunque dudaba que Grace estuviera llorando, conocía los detalles del asesinato de Janine —que, a diferencia de las otras dos víctimas, la retuvieron durante varios días, probablemente violándola y torturándola todo el tiempo— y se parecían demasiado a las circunstancias del caso del asesino en serie en el que habíamos trabajado juntos.

✺ 8 ✺

HANADARKO

M e acerqué sigilosamente a la cabaña con la misión de encontrar a Soj. Por desgracia, tenía más ganas de fumar que de verlo. Entré, esperando encontrarlo tumbado en la cama, enfadado. En cambio, su habitación estaba vacía. Eché un vistazo a la otra habitación y reconocí la mochila que había en el suelo como la de Mayhem. Era la misma que había usado cuando nos tomábamos un par de días libres, normalmente para visitar a Meemaw.

Habían pasado cuatro meses desde la última vez que la visité en Oklahoma. Hacía mucho que debería haber ido. Dios, la extrañaba. Y a él también.

Estar con él hoy no había ayudado. Era él y yo juntos lo que extrañaba tanto que apenas podía respirar cuando estaba cerca.

Me senté en su cama y saqué mi teléfono.

—¿Grace? —gritó mi bisabuela cuando respondió—. ¿Cómo diablos estás, niña?

—Estoy bien, Meemaw. Siento no haber ido a verte en tanto tiempo.

—Oh, niña, sabes que no puedo verte de todos modos.

Sonreí mientras una lágrima resbalaba por mi mejilla. En los últimos tres años, la vista de mi bisabuela había empeorado gradualmente hasta el punto de que no podía ver nada.

—Aún puedes oír mi voz.

—Sí, puedo. Y he reconocido la canción que pusiste en mi teléfono para que sonara cuando llamaras.

—Te echo de menos, Meemaw.

—Yo también te echo de menos, cariño.

—Emmett está aquí.

—Me lo imaginaba.

—Es muy duro.

—Lo sé, pero escúchame. No olvides ni por un minuto de quién eres bisnieta. Ponte recta, endereza la espalda y *afronta* esto, Grace. Haz que me sienta orgullosa.

—Sí, Meemaw. Iré a verte pronto.

—Te estaré esperando.

Terminé la llamada después de decirle que la quería y salí de la habitación. Estaba a punto de llegar a la habitación de Soj cuando se abrió la puerta de la cabaña.

—Se ha ido —dijo Mayhem.

Por mucho que quisiera retroceder, me mantuve firme cuando se acercó a mí. Se detuvo en la puerta, donde yo estaba, y levantó la mano como si fuera a tocarme la cara, pero luego la bajó. Quería agarrarla, apoyarla contra mi mejilla y caer en sus brazos.

—Darko...

—Para —espeté, empujándolo cuando utilizó la versión abreviada de mi nombre en clave.

—Espera.

Tenía la mano en la puerta para salir, pero me di la vuelta.

—¿Qué?

—¿Estabais vosotros dos... juntos?

—Eso no es asunto tuyo.

Esta vez, cuando se acercó a mí, huí. En lugar de volver a la casa, fui al granero, con la esperanza de encontrar a Soj allí, pero dudando de que estuviera. Algo en la forma en que Mayhem había dicho que se había ido me decía que era para siempre.

—¡Grace!

Quería taparme los oídos con las manos. Por mucho que me doliera que me llamara Hanadarko, Grace era peor. Solo me llamaba así cuando discutíamos. No, no discutíamos, peleábamos. Por Bryar.

¿Por qué demonios había tirado el resto del whisky? Si no podía fumar, al menos podría haber bebido.

—¡Grace! —gritó de nuevo, esta vez tan cerca de donde yo estaba que no era necesario.

—¿Qué? —grité sin volverme hacia él.

—No puedes seguir huyendo de mí.

—Claro que puedo. —Me dirigí hacia las puertas traseras del granero, pero con pasos que doblaban los míos, a Mayhem no le costó mucho alcanzarme. Me rodeó la cintura con el brazo y me levantó del suelo—. ¡Suéltame! —le grité, medio tentada de doblar la pierna y darle una coz en la entrepierna. Quizás intuyendo que iba a hacerlo, me giró como si no pesara nada, me empujó contra la esquina y me puso de pie.

Cuando bajó la cabeza casi hasta besarme, la sangre me corrió por la venas y no pude recuperar el aliento.

—¿Sabes cuánto...?

—Para —repetí, esta vez en un susurro. Se me llenaron los ojos de lágrimas y negué con la cabeza.

—Te he echado tanto de menos...

Bajé la mirada al suelo, sabiendo que si no lo hacía, no podría evitar tocar sus labios con los míos.

—Tenemos que volver.

—Todavía no. —Apoyó la mejilla en mi pelo y respiró hondo —. Todo de ti.

Levanté la cabeza y me agaché bajo su brazo cuando oí el sonido familiar de mi Porsche al detenerse y el motor al apagarse. Soj debía de haber cogido mi coche y haber vuelto. Justo a tiempo.

—¿Dónde te habías metido? —le pregunté, corriendo hacia él cuando salió.

—Me he olvidado algo.

Sonreí.

—¿Dejar mi coche aquí?

Él también sonrió, pero frunció el ceño cuando miró por encima del hombro y vio a Mayhem salir del granero.

—¿Interrumpo? —preguntó, volviendo a mirarme.

—¿De verdad te ibas a marchar sin darme un beso de despedida? —pregunté en lugar de responder.

Me rodeó la cintura con el brazo.

—Has perdido el interés por mis besos.

Los dos vimos a Mayhem subir los escalones del porche y entrar por la puerta principal de mi casa.

—Sé quién es.

Miré a Soj a los ojos.

—Dices su nombre mientras duermes.

Mc reí.

—No es verdad. Estás mintiendo.

—No nos has presentado y, sin embargo, sé que se llama Mayhem.

—Oíste a alguien llamarlo así.

Soj negó con la cabeza.

—No estaba seguro hasta ahora.

—Tuvimos algo hace mucho tiempo. Se acabó. Hace años que se acabó.

Me apartó y me rodeó para dirigirse a la cabaña.

Lo seguí.

—No te vas realmente, ¿verdad?

—Es lo mejor.

Me puse la mano en la cadera.

—¿De verdad pensabas llevarte mi coche?

Soj sonrió.

—Le pedí a tu padrastro que me recogiera en la estación de tren. Estaba encantado de poder conducir el Porsche hasta casa.

—¿Ibas a dejar que ese hombre condujera mi coche? Eso es casi peor que quitármelo.

—Me prometió que no pasaría de los cien. —Soj se metió en el fondo del armario y sacó su chaqueta de cuero—. No puedo creer que casi se me olvide.

Pasó a mi lado y se detuvo solo para rozar mi mejilla con los labios.

—Si alguna vez *de verdad* terminas con Mayhem, ya sabes dónde encontrarme.

—Ojalá no te fueras.

—Ojalá se fuera él.

—Dile a Jerry que no pase de ochenta —le grité.

Me quedé en el porche viendo cómo se alejaba, sabiendo, como él, que era lo mejor.

—Joder, necesito un trago —murmuré antes de volver a la habitación donde me esperaban Mayhem, Cowboy y Winslow.

—¿Quién es la siguiente? —dije entrando y encogiendo los hombros.

—Betsy, y su asesina fue identificada —respondió Mayhem sin perder el ritmo.

Me acerqué al mapa.

—Pongámonos al día.

Añadí dos puntos amarillos en Peck Lake y luego coloqué dos puntos rojos en Long Lake, donde ya sabía que Betsy había sido secuestrada. También sabía que era allí donde dos pescadores en el hielo habían encontrado su cuerpo congelado cuatro días después.

Escuché mientras Mayhem me contaba los detalles del asesinato. Aunque la mujer que la había matado también estaba muerta, algo en mi interior me decía que ella era la clave para descubrir quiénes eran los demás con los que había estado trabajando.

—Cuéntame más sobre la asesina de Betsy, Patricia Fasano.

Mayhem miró a Cowboy.

—¿Quieres encargarte de esto?

Cowboy asintió y carraspeó.

—Patricia Fasano era psicóloga de agresiones sexuales en el hospital donde llevaron a Maisie Ann Jones, ahora Messick, tras ser rescatada a principios de febrero de este año. Como sabemos. —Cowboy señaló la pizarra—. El secuestrador de Maisie era Maxim Edwards. No hay pruebas que indiquen que tuviera relación con las otras cuatro víctimas.

—Por favor, continúa —dije en voz baja, cada vez más impaciente por lo mucho que estaba tardando en explicar un simple resumen.

—Cuatro días después del rescate de Maisie y de su primera sesión de terapia, Patricia Fasano fue dada por desaparecida. Aunque no hemos podido confirmarlo, Francis Arnst informó de que sus padres recibieron una demanda de rescate por valor de medio millón de dólares.

—Dios. ¿No hay ningún otro abogado en la zona? —pregunté.

—Muy pocos tan bien relacionados como él —respondió Winslow.

Hice un gesto a Cowboy para que continuara.

—Dos días después de que se recibiera la supuesta demanda de rescate, Fasano fue encontrada vagando por el parque de atracciones abandonado...

Parque de atracciones. Eso me sonaba familiar.

—¿Fue allí donde retuvieron a Maisie Ann?

—Correcto.

—Fasano parecía desorientada y fue recogida y llevada a la sala de urgencias del Johnstown Memorial Hospital.

—¿Es ahí donde también llevaron a Maisie? —pregunté.

—Afirmativo.

—Me asignaron interrogarla después de que Diesel Jacks pidiera ser apartado.

—¿Por qué?

Cowboy dudó y, aunque quería gritarle, crucé los brazos y esperé.

—Es complicado, así que tenga paciencia —dijo.

Evidentemente, mi impaciencia era evidente.

—Continúa, lo siento.

—El día que Maisie desapareció, el FBI asignó a la Agente Especial Bryar Davies a la investigación.

Aunque intenté no reaccionar, me enfadé. Cowboy dudó por segunda vez. ¿Por qué? ¿Se había dado cuenta de mi reacción o Mayhem le había advertido que la Agente Especial Davies era un tema delicado? En cualquier caso, me cabreó.

—A este paso, nos pasaremos aquí toda la noche y no terminaremos con las cuatro primeras víctimas.

—Grace.

Me volví y miré con ira a Mayhem por su reprimenda.

—No sé nada de vuestras tácticas de investigación actuales, pero ir con el pie pegado al suelo como estamos ahora no va a servir para atrapar a un puto asesino en serie.

—Advertí que esto era complicado. Quizá sea mejor que mantengamos los comentarios y las preguntas hasta que termine de responder a su petición inicial de darle más información sobre Fasano.

—Entendido —murmuré a Cowboy, odiando que se me enrojecieran las mejillas.

—La Agente Davies fue tiroteada en una emboscada mientras transportaba a Maxim Edwards, el secuestrador de Maisie, a la oficina del FBI en Albany. La trasladaron al Johnstown Memorial, donde fue operada. Allí también la visitó, la mañana del 10 de febrero, Fasano, quien aludió tener una relación con Diesel Jacks.

Me acerqué al mapa y puse un punto verde cerca de Johnstown y Albany para recordar preguntar dónde había sido emboscada Davies. Cuando me volví hacia él, Cowboy continuó.

—Había muchas cosas que no cuadraban en el relato de

Fasano sobre su terrible experiencia. Además, su comportamiento en general parecía extraño. Por ejemplo, le dijo a los agentes que la interrogaban que no había sido agredida sexualmente antes de que empezaran a interrogarla.

—No quería que la examinaran —dije en voz baja.

—Una hora después de que Fasano fuera encontrada en el parque de atracciones, se recibió una llamada sobre otro secuestro. El de Betsy, y esta vez en Long Lake.

Levanté la mano.

—Tienes razón en que Patricia Fasano es un caso complicado. Siento interrumpir de nuevo, pero en este momento creo que sería más útil que termináramos de revisar los detalles del secuestro de Betsy.

—Tuvo lugar el 13 de febrero, según el lugar donde se encontró su coche abandonado —dijo Cowboy.

—¿No pidieron rescate? —pregunté, mirando la pizarra de Mayhem.

—Correcto —respondió Cowboy.

—¿Se pagó el rescate de Fasano?

—Negativo.

Dado que la llamada no había sido confirmada por nadie más que el abogado, me alegró saber que alguien había sido finalmente lo suficientemente inteligente como para no entregar el dinero. Sin embargo, se me ocurrió otra cosa.

—¿Se recuperó algo del dinero de los rescates?

—Negativo.

Era habitual marcar el dinero del rescate de alguna manera para poder rastrearlo. Supuse que ninguno de los tres había sido marcado.

—Volvamos a Betsy —dije.

—Su cuerpo fue descubierto el 17 de febrero por dos pescadores en el hielo. En cuanto al día y la hora de la muerte, el forense no tenía más datos que la fecha de su desaparición. La temperatura corporal era muy baja y tenía el estómago vacío.

Informó de que no había signos de agresión sexual. Hay otros dos datos sobre la víctima, eh... Betsy. En primer lugar, vivía con sus padres, que estaban en casa en el momento de su desaparición. En segundo lugar, nunca había ido a la universidad.

—¿Cuántos años tenía? —pregunté.

—Veinticuatro.

—¿Alguien más ve aquí un patrón? ¿Por qué todas tienen veinticuatro años?

—Es extraño —dijo Mayhem.

—¿Tenía trabajo? —pregunté.

—Era camarera en el Long Lake Diner. Sin embargo, no tenía que trabajar el día que desapareció y su vehículo fue encontrado en otro lugar.

—Disculpad —dijo Winslow, saliendo de la habitación.

Miré a Cowboy.

—¿Está bien?

Cowboy se recostó en su silla y miró hacia el pasillo.

—Descanso para ir al baño.

—Ella fue la siguiente —dije, mirando la pizarra.

—Quizás sería mejor que termináramos primero con el informe de Patricia Fasano —sugirió Mayhem.

—¿En qué momento te uniste a la investigación? —le pregunté.

—Merrigan Butler se puso en contacto conmigo antes de la reunión en la que se informó a K19 de la misión, es decir, el 7 de febrero. Tenía otro caso que cerrar en Inglaterra y no llegué a Estados Unidos hasta diez días después.

Me incliné hacia delante y toqué el suelo con las yemas de los dedos para estirar la espalda. Soj y yo habíamos adquirido la costumbre de hacer ejercicio por la mañana temprano, seguido de yoga. Desde que había estado revisando el informe, habían pasado dos días completos sin hacerlo.

Mayhem miró hacia la ventana al mismo tiempo que yo oí llegar el Porsche.

—Parece que tu amigo ha vuelto.

—Probablemente sea mi padrastro.

Él ladeó la cabeza.

—Él y mi madre viven ahora en San Felipe, pero pasan la mayor parte de mayo a septiembre en Estados Unidos.

—¿Por qué tu padrastro tiene el coche de tu amigo?

—Se llama Soj, y no es su coche, es mío. —Antes de que pudiera preguntar nada más, salí fuera.

—Hola, Gracie —dijo el marido de mi madre cuando me acerqué para darle un abrazo—. No he pasado de ochenta.

Sonreí y le di un beso en la mejilla.

—Mentiroso.

Jerry se rio, pero su expresión cambió cuando miró en dirección a la casa.

—¿Es Mayhem?

—Estamos trabajando en la investigación de un asesino en serie. —Incliné la cabeza—. ¿Te dijo Soj que estaba aquí?

—No lo vi. El tren ya se había ido cuando llegué a la estación.

Le tendí la mano y Jerry dejó caer las llaves de mi coche en ella.

—No sabía que seguías haciendo ese tipo de trabajo.

Antes de jubilarse, Jerry había trabajado para el FBI, como mi padre y yo. Tras la muerte de su primera esposa, él y mi madre, que se conocían desde hacía años, comenzaron a salir. Hace cinco años se casaron.

Me encogí de hombros y di un paso atrás.

—Es uno grande.

—¿La oficina te convenció para que volvieras?

—No. Una empresa privada fue contratada por las familias de las víctimas para ayudar. Ellos fueron los que se pusieron en contacto conmigo.

—¿Mayhem forma parte de esto?

—Está contratado como yo.

—Tengo que admitir, Grace, que nunca pensé que volverías.

—¿A perfilar o con Mayhem?

—Ambas. —Jerry sonrió y me acarició la nuca con la mano—. Tu madre quería que te pidiera que cenaras con nosotros esta noche.

—Vamos a trabajar durante la cena.

—Sabes que no voy a poder mantenerla alejada cuando se entere de quién está aquí.

—¿Tienes carne en el ahumadero?

—Estás de broma, ¿verdad?

—Me lo imaginaba. Dile que la traiga con algo para acompañarla.

—De acuerdo. Salúdalo de mi parte. —Jerry se alejó en dirección al granero—. Cogeré el Ford y lo traeremos más tarde.

Saludé con la mano mientras caminaba hacia donde esperaba Mayhem.

—Jerry te manda saludos.

—¿Cómo está tu madre?

—Lo descubrirás más tarde. Ella y Jerry traerán la cena.

—Estoy deseando verlos a los dos.

Entrecerré los ojos.

—No has venido de *visita*, Emmett. Solo estás aquí para trabajar en el caso. —Subí los escalones para entrar.

—Darko...

—No me llames así.

—Grace...

—Tampoco me llames así —espeté mientras cerraba la puerta de un portazo.

❧ 9 ❧
MAYHEM

En lugar de seguir a Grace al interior, me quedé fuera para decirle a Steel que ya no necesitaba que buscara la matrícula que le había enviado.

Si alguien me hubiera preguntado cómo iba nuestro "reencuentro", habría tenido que admitir que iba mejor de lo que esperaba. No me sorprendió en absoluto que, cuando nuestros ojos se cruzaron por primera vez en tres años, ella me estuviera mirando a través de la mira de un arma.

No había cambiado mucho desde la última vez que la vi. Yo sí. Al igual que mi padre, empecé a ver algunas canas después de cumplir los treinta. Teniendo en cuenta que él se acercaba a los sesenta y todavía tenía el pelo largo, me consideraría afortunado si siguiera sus pasos.

Tenerla en mis brazos antes me hizo sentir como si hubiera vuelto a casa. Tan fácil, tan correcto. Todo había sido natural entre Grace y yo desde el momento en que la conocí.

Sonreí al recordar el dolor que me había causado aquel día. Sin embargo, cuando me incliné para decirle algo al oído y ella se estremeció, supe que no tardaría mucho en seducirla para llevarla a mi cama. Si le preguntaran a Grace, probablemente diría que había sido ella quien me sedujo.

En cualquier caso, desde la primera noche que pasé en su cama, supe que quería despertarme con ella en mis brazos todos los días del resto de mi vida. Ojalá no hubiera destruido cualquier oportunidad que tenía de hacer realidad ese sueño.

El tema que estábamos a punto de abordar sería uno de los más difíciles. Aunque íbamos a hablar de Patricia Fasano, su historia estaba íntimamente ligada a la de Bryar Davies, la mujer cuyo secreto había supuesto el fin de Hanadarko y mío.

Cuando Cowboy pronunció su nombre antes, pude sentir cómo aumentaba la tensión en la habitación. Me alegré de que Grace no estuviera mirándome cuando lo dijo. Si lo hubiera hecho, habría visto el mismo dolor en sus ojos que vi hace tres años.

La expresión de su rostro aquel día me perseguía. Algunos decían que el infierno era un lugar de eterno arrepentimiento. Si eso era cierto, yo ya estaba en él. No había nada en mi vida de lo que me arrepintiera más que lo ocurrido aquel día. A menudo pensaba que daría cualquier cosa por volver atrás y hacerlo de otra manera, pero volver a ver a Grace me hizo darme cuenta de que lo único a lo que no podía renunciar era a haberla conocido. Aunque no pudiera estar con ella, aunque ella nunca volviera a sentir por mí lo que había sentido, al menos había sabido lo que era amarla y ser amado por ella.

—¿Entras? —preguntó Cowboy.

—Sí, un momento —dije por encima del hombro. Él cerró la puerta y yo respiré hondo. La reacción de Grace a lo que teníamos que discutir en los siguientes minutos determinaría si alguna vez podríamos volver a estar juntos. O me perdonaba o no. Así de sencillo.

—Hemos empezado sin ti —dijo Cowboy cuando me reuní con ellos.

Asentí y miré a Grace, decepcionado al ver que evitaba mi mirada.

—¿Qué habéis hablado? —pregunté.

Cowboy repasó una lista que había escrito en un bloc de notas.

—Veamos. Psicóloga de agresiones sexuales, ya hemos hablado de eso. Enamoramiento con Diesel Jacks, hecho. Secuestro falso, ya lo hemos cubierto. Múltiples intentos de asesinato de Bryar Davies, hemos revisado cada uno de ellos. El secuestro y rescate de Davies, durante el cual Fasano fue disparada y asesinada. — Cowboy me miró—. Hemos tocado algunos otros puntos secundarios. ¿Me he dejado algo importante?

—¿Su implicación en el secuestro y asesinato de Betsy Peterson?

—Sí —respondió Cowboy.

—Tengo una pregunta —dijo Grace, que aún no había mirado en mi dirección.

Cowboy asintió.

—¿Dónde está Davies ahora?

—Merrigan Butler y Pershing Kane lograron mantener en secreto los detalles del secuestro de Davies y la muerte de Fasano. Bryar y su ahora marido, Diesel Jacks, se encuentran en un lugar seguro y desconocido —respondí antes de que Cowboy tuviera oportunidad de hacerlo.

—¿Sabes dónde está ella? —preguntó Grace, volviéndose finalmente hacia mí.

—Sí.

—¿Sigue asignada a esta investigación?

—Sí.

Mantuve la mirada fija mientras Grace me estudiaba.

—¿Sabe ella que yo lo estoy?

—Sí —dijo Cowboy. Por suerte, ya que no tenía ni idea de si Bryar estaba al corriente de que Grace había aceptado participar. Anticipé su siguiente pregunta, pero también sabía que no la haría delante de Cowboy y Winslow.

—¿Por qué no hacemos un descanso antes de pasar a la siguiente parte del informe? —sugerí—. Quizá os apetezca estirar las piernas, tomar algo o comer algo.

Me encogí de hombros y luego me reí a carcajadas al ver la expresión de fastidio en el rostro de Grace.

—¿Te ofreces para servir Sr. Gable?

Levanté una ceja, preguntándome si Grace tenía realmente algo en casa además de whisky, cerveza y comida caducada desde hacía meses.

—Estaría encantado de hacerlo si me indicas dónde encontrar algo de sustento.

Cuando Grace salió de la habitación, la seguí.

—Sé lo que estás pensando —dijo, sonriéndome por encima del hombro.

Ojalá fuera verdad y estuviera pensando lo mismo, aunque dudaba de ambas cosas. Pero podía soñar mientras observaba el contorno de su trasero en los ajustados vaqueros Cinch que tanto le gustaban. Abrí los ojos como platos cuando abrió la nevera y vi lo que parecía comida *comestible* dentro.

Mientras sacaba recipientes y colocaba platos en la encimera, empecé a preparar una tabla de embutidos.

—No tengo mucho para beber. Solo agua y té dulce*.

Me estremecí al oír lo último. Por mucho que lo había intentado, nunca había conseguido que me gustara.

—¿Cómo crees que le irá a Winslow de ahora en adelante? —preguntó.

—Está muy decidida a contribuir en todo lo que pueda. Sé que Cowboy le ha contado algunos de los detalles más espantosos, la mayoría de los cuales nos han afectado mucho a él y a mí.

Grace dejó lo que estaba haciendo y se apoyó en la encimera.

—Por lo que he leído, la cosa va a ir mucho peor.

---

* También conocido como té helado dulce, es un estilo popular de té helado que se consume comúnmente en los Estados Unidos e Indonesia. (N. de la T.)

—Estoy de acuerdo. Por cierto, te lo agradezco mucho. — Aunque no me gustaba meterme en asuntos personales, sentí la necesidad de expresar mi agradecimiento.

Grace miró por la ventana.

—¿Y Bryar?

Dejé el cuchillo que estaba usando para cortar el queso sobre la tabla de cortar y me apoyé en la encimera de enfrente, permaneciendo en silencio hasta que ella volvió la cabeza en mi dirección.

—Si me preguntas qué le parece que te hayas unido a la investigación, no lo sé. No he hablado con ella últimamente. Sin embargo, lo único que sabe de ti es que trabajamos en un caso similar hace tres años y que, al concluirlo, dejaste el perfilado y el FBI. Si tuviera que adivinar, diría que está tan agradecida como el resto del equipo por haber aceptado ofrecer tu experiencia.

—Es bueno saberlo —murmuró, abriendo otra puerta y señalando el estante superior—. ¿Te importaría? —preguntó.

Alcé la mano y cogí una botella de Balcones Texas Blue Corn Bourbon.

—Lo bueno —dije, levantando una ceja mientras se la entregaba.

—Se me había olvidado que estaba ahí arriba —dijo, colocando dos vasos sobre la mesa—. Estoy intentando dejarlo — añadió en voz baja.

Me había sorprendido que no hubiera cerveza en la nevera.

—Sin embargo, he adquirido otro vicio. Gracias a Soj.

Si no hubiera parecido un completo idiota, me habría tapado los oídos. Lo último que quería oír era cualquier vicio que compartiera con un hombre que, según Steel, era una versión más joven de mí. En lugar de eso, terminé de cortar el queso y lo añadí a la bandeja, que ya estaba llena.

Ella se encogió de hombros y sirvió bourbon en uno de los vasos.

—¿Te apuntas?

—Nunca dejaría beber sola a una dama.

Grace esbozó una sonrisa.

—Yo no soy ninguna maldita dama.

Sonreí.

—Cuanto más te esfuerzas por no serlo, más lo eres.

Se bebió el líquido de su vaso y se sirvió más al mismo tiempo que me servía a mí, luego se llevó el vaso y la botella fuera de la habitación.

—Maldita sea, me vendría bien fumar. —La oí murmurar mientras la seguía con unos platos pequeños y la bandeja de comida.

—¿Cuándo adquiriste ese vil hábito? —En cuanto lo pregunté, me di cuenta de que probablemente era el vicio que ella decía haber aprendido de Soj—. No importa —murmuré.

Su expresión se ensombreció.

—Nunca has sido de los que se andan con rodeos.

Sentí que la puerta metafórica que se había entreabierto se cerraba de golpe. No había duda de a qué se refería, ni de que nunca me lo perdonaría.

Dejó el bourbon sobre la mesa y regresó a la cocina justo cuando Cowboy y Winslow entraban por la puerta principal. Él levantó una ceja, mirando la botella.

—También hay agua y té dulce. —Cuando me estremecí, se rio.

Pensé en preguntarle a Winslow si estaba preparada para hablar de su terrible experiencia, pero lo descarté. Todavía me molestaba recordar que Cowboy le había dicho a Grace que su mujer no me apreciaba. Lo último que quería era hacerla sentir más incómoda de lo que ya lo hacía el tema en cuestión.

Volví a la cocina para ver si podía ayudar en algo más. Grace estaba de pie fuera, de espaldas a la puerta. Al igual que con Winslow, pensé que era mejor no unirme a ella, sobre todo cuando vi el humo que salía de un cigarrillo.

Volví con más vasos y las dos jarras que vi sobre la encimera.

Un par de minutos más tarde, Grace se unió a nosotros. Al igual que antes, evitó mirarme a los ojos.

—¿Podemos terminar con esto? —dijo Winslow después de beber un trago.

—Cuando estés lista —respondió Grace.

Winslow relató los acontecimientos que la llevaron a escapar del apartamento del sótano donde Craig Ferrone la mantenía cautiva.

Cuando dudó, Cowboy tomó el relevo.

—Aunque encontraron su coche quemado con un cadáver dentro, la intensidad del fuego impidió determinar si los restos eran los suyos.

—Encontrasteis la primera de las fotos en el apartamento de Ferrone, ¿correcto? —preguntó Grace, refiriéndose a las que se encontraron allí y en la guarida subterránea descubierta unas semanas antes, en su mayoría de mujeres jóvenes.

—Afirmativo. También se encontró una amenaza adicional en la escena.

Cuando cerré los ojos, pude recordar vívidamente la nota encontrada en el parabrisas de uno de los coches patrulla. "Puede que te haya dejado marchar, pero sigues perteneciéndonos. Vendremos a por ti", decía.

Como Grace no preguntó, ni Cowboy ni yo le dimos detalles sobre la amenaza. Ya figuraba en el informe que había recibido.

Ella estudió la pizarra.

—¿Siguiente?

Me aclaré la garganta.

—Jane Doe*. Su cuerpo fue descubierto en una guarida subterránea en los terrenos de un antiguo campamento de la iglesia en la costa norte de Canada Lake el 8 de abril. Se estima que la fecha

---

* Es un nombre genérico en inglés que se usa para referirse a una mujer cuyo nombre real no se conoce o no puede ser revelado por razones legales o de privacidad.

de la muerte fue el 1 de abril. El lugar fue donde Wasp Theron fue capturado por Brock Phillips, quien se suicidó cuando nuestro equipo irrumpió en la cabaña donde se encontraba Wasp.

Grace abrió su portátil.

—Theron informó de que Phillips dijo: "Si le mato, ¿puedo quedarme con ella?", seguido de: "Sí, señor. Está viva. Me prometió que podría quedarme con la siguiente, señor. Me toca a mí".

—Correcto. Probablemente se refería a Jane Doe.

—Debía de seguir viva cuando él se suicidó —dijo Grace.

—Sí, según la hora estimada de la muerte por el forense —respondió Cowboy.

—Theron también informó de que oyó a Phillips decir: "Sí, señor. Me aseguraré de que nadie encuentre el cadáver. Gracias, señor" —leyó Grace en su pantalla.

—Además, Wasp informó que él dijo: "Lo recuerdo. En el lago, como las otras" —añadí.

—Eso es lo que llevó a los equipos de buceo a buscar —dijo Cowboy.

—¿Aún no hay identificación de Jane Doe?

—Hasta ahora, no hemos podido encontrar a nadie que la reconozca por las fotos recogidas en la habitación donde se descubrió su cuerpo. Tampoco hemos tenido suerte con el reconocimiento facial.

—Nadie ha denunciado la desaparición de alguien que coincida con su descripción —añadí.

Grace asintió.

—Aunque parece que no hubo actividad entre los meses de octubre y febrero, debemos suponer que no fue el caso. Es más probable que aún no hayamos encontrado más víctimas.

Estuve de acuerdo.

—Tengo entendido que el equipo de Adirondacks tiene a alguien revisando las fotos. ¿Es correcto?

—Creo que sí —respondí.

—Aparte de una persona, a la que Winslow reconoció y cuya seguridad se ha confirmado, ¿solo se ha identificado a otras seis? —preguntó Grace.

—Correcto —respondió Cowboy—. Mayhem y yo sugerimos que el abogado, Arnst, revisara las imágenes, ya que ha vivido en la zona durante mucho tiempo.

—¿Y? —Grace golpeaba el suelo de madera con la punta de la bota.

—Según Ranger Messick, aún no se han organizado.

Grace miró de Cowboy a mí.

—¿Por qué coño no?

—Dijo que Arnst no se encuentra bien —respondió Cowboy.

—¿No hay nadie más?

—Tiene un hermano, que vive en la zona.

Grace aceleró el ritmo con los golpes.

Aunque yo entendía la vacilación de Cowboy para continuar, Grace no. El informe tampoco incluía nada sobre Thanatos.

—Hay una cuestión de necesidad de información —murmuré.

Grace asintió.

—Recibido. ¿Alguien más? Creo que la policía local podría difundir una imagen de la última víctima. Según el informe, hace dos meses se celebró una rueda de prensa para anunciar la investigación. Los medios de comunicación incluso le han puesto nombre a este "tipo".

—El Asesino de Adirondack —murmuré.

—Sé que identificar a las víctimas no es por lo que me has buscado, pero joder, tío. Si podemos averiguar algo más aparte de la conexión con Dartmouth, sin duda nos ayudaría a elaborar una lista de personas de interés.

—Hablaré con Onyx —se ofreció Cowboy.

Cuando salió para hacer la llamada, lo seguí.

—Winslow y yo volveremos a King-Alexander por la mañana —dijo antes de que yo tuviera oportunidad de sacar el tema. Era evidente que se había dado cuenta de que teníamos más limita-

ciones de las que habíamos previsto a la hora de hablar libremente
—. ¿A quién quieres que envíe en mi lugar?

La única persona disponible era Steel, y no sería de mucha
ayuda para reconstruir los perfiles de los sospechosos.

—Nadie por ahora. Podemos hacer videollamadas si es
necesario.

—Entendido.

—¿Qué te parece pedirle al hermano que eche un vistazo a
algunas de las imágenes? —pregunté.

—Es una buena idea y algo que Ranger puede organizar fácilmente. En primer lugar, es un chico de ciudad. Su tapadera
siempre ha sido que trabaja para la BCI*, división de la Policía del
Estado de Nueva York.

—¿Lo que estás diciendo es que, durante todo este tiempo que
ha trabajado en las fuerzas del orden, su tapadera ha sido que
trabaja en otra rama de las fuerzas del orden?

Cowboy se rio.

—Sí, bueno, da igual.

Si conseguíamos que el propietario del hotel vea las imágenes
en una sala de interrogatorios, podríamos solicitar que nos conec-
taran y así poder grabar las sesiones. Cualquier información que
obtuviéramos de esas grabaciones sería legalmente inadmisible en
un tribunal. Sin embargo, Grace y yo podríamos utilizarla para
ayudar a elaborar un perfil.

—¿Cómo crees que reaccionará Grace cuando se entere de que
Winslow y yo nos vamos?

—No tan mal como cuando se entere de que yo no voy con
vosotros.

---

* Oficina de Investigación Criminal.

10

HANADARKO

Sabía por qué Mayhem había seguido a Cowboy hasta el porche. También anticipé la solución al *problema* que estaban discutiendo, que era Winslow. Aunque entendía su deseo de ayudar e incluso veía el mérito de hacerlo, pronto quedó claro que habría ciertas cosas que no podríamos discutir en su presencia. En la elaboración de perfiles, cada dato, cada idea, incluso cada pensamiento, era importante. Cualquier obstáculo al libre intercambio de información frenaría nuestro progreso antes de que hubiéramos avanzado nada.

Una opción sería trabajar en esto por mi cuenta. Dudaba que Mayhem estuviera de acuerdo y, sinceramente, admitía que no era el enfoque eficaz que había creído en un principio.

Dios, ojalá Soj no se hubiera marchado. No es que la razón por la que lo hice fuera justa para él. Solo quería un amortiguador entre Mayhem y yo.

Soj tenía razón cuando dijo que ya no me interesaban sus besos. Es más, una vez que vi a Mayhem, sentí su mano en mi cuerpo, ya no fui capaz de reprimir los recuerdos de lo que habíamos tenido juntos. Me hizo darme cuenta de que estar con Soj había sido un bálsamo temporal.

Otra opción era ofrecerme a trabajar en el centro de mando del Parque Estatal Adirondack. Pero no de inmediato. Habría demasiadas distracciones allí al principio. Demasiado ruido que nublaría mi pensamiento. Todavía estaba en la fase de recopilación de información y tenía que tener cuidado de no asimilar demasiada de golpe.

Levanté la vista cuando sentí la mirada de Winslow sobre mí.

—¿Tienes alguna pregunta? —pregunté.

Se sonrojó.

—Más bien una observación.

Me reí.

—Me da miedo preguntar.

—Tú y Mayhem trabajáis muy bien juntos. Os anticipáis el uno al otro. Garrison es así conmigo, pero...

—De nuevo, creo que es mejor que no des más detalles.

Winslow negó con la cabeza.

—Es como si hubiera una red invisible que os conecta.

—Tenemos experiencia trabajando juntos en un caso similar. Es fácil caer en viejos hábitos.

—Eres una persona observadora...

—¿A dónde quieres llegar con eso?

—No soy tan observadora como tú, pero desde el primer día que nos conocimos me quedó claro que había algo entre vosotros.

Pensé en servirme otro trago de bourbon, pero al final me decidí por un té dulce.

—Hubo algo. Pero hace mucho que se acabó.

—No es asunto mío.

—Tienes razón.

Winslow se levantó y se acercó a la ventana.

—No es la primera vez que me doy cuenta de que no soy de mucha ayuda.

—¿Qué quieres decir?

—Hablé con una agente del FBI, eh, la que está en un lugar desconocido.

—¿Bryar Davies?

Winslow asintió.

—Sí, pero ahora se llama Jacks. Bryar Jacks. En fin, ella estaba pensando en voz alta más que hablando conmigo cuando llegamos a un cierto punto en nuestra conversación, pero como te decía, me di cuenta de que no podía ser de mucha ayuda.

—¿De qué hablaba?

—Dijo que tenía que haber una conexión entre Patricia Fasano, Brock Phillips y Craig Ferrone, el que estaba desaparecido. —Winslow se rio entre dientes—. Tenía la misma expresión que tú y Mayhem habéis puesto varias veces hoy. De todos modos, parecía muy inteligente. Como tú.

—No te menosprecies. No es que no estés ayudando, es más bien que hay ciertas cosas que no debes saber. Puede que llegue el momento, espero que pronto, en el que tengas que testificar contra quienquiera que fuera con quien trabajaba tu secuestrador. Ese testimonio será más contundente si no está impregnada de información preconcebida u opiniones que puedas haberte formado al escuchar o estar expuesta a pruebas que no estén relacionadas específicamente con tu propia experiencia. Los abogados defensores lo detectarán enseguida y lo utilizarán para desacreditarte.

—Tiene sentido.

—La otra cosa es que todavía hay una amenaza relacionada contigo. El rancho King-Alexander es un lugar mucho mejor para ti en términos de seguridad.

—¿Has estado allí? —preguntó ella.

—No, pero no hay nadie que haya vivido en Texas durante mucho tiempo que no haya oído hablar de él. Si trabajas en el cumplimiento de la ley, es prácticamente el santo grial.

La puerta se abrió y Cowboy entró primero, seguido de Mayhem. Mi madre y mi padrastro entraron justo detrás de él. Los tres hombres llevaban recipientes con comida.

—Hora de cenar —dijo mi madre cuando me acerqué para darle un beso en la mejilla.

—Supongo que ya os han presentado a Garrison. Ella es Winslow. Winslow, ellos son mi madre, April, y su marido, Jerry.

—Garrison me ha dicho que es el hijo de mi prima Micki. Qué pequeño es el mundo —dijo mi madre después de saludar a Winslow—. Hace años que no la veo.

Miré más allá de ella, hacia Mayhem, que estaba hablando con Jerry y Cowboy. Por la expresión de Mayhem, supe que lo que estaban hablando era serio. Cuando estaba preocupado o enfadado, le temblaba el labio superior.

—¿Qué? —articulé con los labios cuando sus ojos se encontraron con los míos.

Giró la cabeza y le habló a Jerry, que estaba mirando algo en su teléfono.

—¿Qué pasa, mamá?

—¿A qué te refieres?

Señalé a los tres hombres.

—¿Qué ha pasado?

Cuando sus ojos se encontraron con los de Jerry, él y Mayhem caminaron lentamente hacia nosotras. Cowboy hizo una señal a Winslow y los dos salieron.

—¿Qué pasa? —preguntó mi madre.

—Arthur ha estado intentando localizarte.

Arthur era mi tío, el hermano de mi madre. En cuanto a intentar localizarla, todo el mundo sabía que rara vez llevaba el móvil consigo y que, si ocurría algo urgente, había que llamar a Jerry.

En cuanto mi madre se tapó la boca con la mano, lo supe.

—¿Meemaw? —susurró.

—Lo siento, mi amor —dijo Jerry, abrazándola.

Al mismo tiempo, Mayhem se acercó a mí. Cuando extendió la mano, la aparté de un manotazo.

—¡No! —le grité.

—Grace...

—*¡No!* —grité de nuevo.

—Grace, cariño —dijo mi madre, extendiendo la mano hacia mí como él había hecho.

Aparté bruscamente el brazo y salí corriendo por la puerta principal, casi tirando a Winslow al bajar los escalones del porche hacia el prado donde había visto antes a mi palomino*, Miel. Como si me hubiera oído sin que yo la llamara, estaba en la verja antes que yo.

La abrí de un golpe, agarré su ronzal y le puse la rienda, trepé por la valla y monté. Apreté ligeramente con las pantorrillas y Miel se lanzó hacia el prado donde solíamos montar.

No tardé mucho en oír el sonido de otro caballo que se acercaba.

—Mierda —murmuré cuando miré por encima del hombro y vi a Mayhem montado en Nez, el único caballo que tenía lo suficientemente rápido como para alcanzarnos. En lugar de apretar más a Miel, reduje la velocidad y esperé. Mayhem saltó y llevó a Nez hasta donde yo estaba sentada a lomos de mi caballo y lloré.

Él puso las manos en mi cintura y me ayudó a bajar de Miel, pero no me soltó cuando mis pies tocaron el suelo.

—Lo siento, Grace. —Me tranquilizó, abrazándome y acariciándome el pelo. Rodeé su cintura con los brazos y escondí la cara en su pecho, dejando que las lágrimas fluyeran.

Cuando me separé, me apartó unos mechones de pelo de la cara y me secó las lágrimas de las mejillas.

—Lo sé...

Negué con la cabeza, sin querer oír lo que fuera a decir.

—Shh.

Cuando él me abrazó con más fuerza, le dejé hacerlo. Al final, Mayhem nos tumbó a los dos en la hierba. Mantuvo un brazo alre-

---

* Un caballo palomino se define principalmente por su pelaje de color dorado o amarillento, acompañado de una crin y cola de un color blanco o marfil brillante.

dedor de mí mientras estábamos tumbados boca arriba, mirando al cielo. Ninguno de los dos se movió hasta que el sol se hubo puesto casi por completo.

—Si te sirve de consuelo, Arthur dijo que se fue en paz —dijo Mayhem cuando me senté.

Le miré a los ojos.

—No me sirve.

Él asintió y me acarició la mejilla con el dedo.

—Deberíamos volver —dije.

Se levantó cuando yo lo hice y me tomó ambas manos entre las suyas.

—Todavía no. Hay algo que quiero que sepas.

En lugar de discutir o apartarme, lo miré a los ojos.

—Meemaw me lo dijo.

—¿Que fue ella quien me reveló dónde encontrarte?

Asentí.

—¿Antes o después de hacerlo?

Esta vez sí intenté apartarme, pero Mayhem me sujetó con fuerza.

—Grace, ¿antes o después?

—Antes.

MAYHEM PERMANECIÓ EN SILENCIO MIENTRAS LLEVÁBAMOS LOS caballos al establo sin prisa. Sabía que estaba procesando lo que le había dicho, intentando darle un significado que no tenía. No podía explicar por qué le había dado permiso a mi bisabuela para que le dijera al hombre que me buscaba dónde estaba. Quizás era curiosidad. O quizás esperaba que la razón por la que Decker Ashford se esforzaba tanto por encontrarme era porque Mayhem se lo había pedido.

Estaba preparada por si acaso, con la escopeta junto a la puerta, llena de una anticipación estúpidamente esperanzada.

. . .

Garrison y Winslow regresaron al rancho King-Alexander a la mañana siguiente. Mayhem me dijo que se habían ido cuando salí del dormitorio poco después del mediodía y lo encontré tumbado en mi sofá con Millie acurrucada a su lado.

—Traidora —murmuré, acariciándole la cabeza mientras me dirigía a la cocina.

—Le di de comer a Millie y la saqué un par de veces —dijo Mayhem, siguiéndome—. He hecho café antes. Puedo hacer más si quieres.

Miré la cafetera, que aún estaba llena, serví un poco en una taza y la metí en el microondas. Saqué el cartón de leche de la nevera y lo olí para asegurarme de que aún estaba buena, más por costumbre, ya que solo la había comprado hacía un par de días.

—Jerry dijo que los servicios están programados para mañana en Ada. Hay un aeropuerto regional...

—Lo sé —dije, dando un sorbo al café, que ya estaba tibio.

Al ver mi mueca, Mayhem cogió la cafetera, tiró lo que quedaba en el fregadero y preparó otra taza.

—Lo siento por esto. No tengo ni idea de cuánto tiempo estaré allí. Te avisaré cuando esté de vuelta y entonces decidiremos cómo continuar con la investigación.

Mayhem me quitó la taza de la mano, tiró su contenido igual que lo que había en la cafetera y la llenó con café recién hecho. Antes de devolvérmela, le añadió leche.

—Voy contigo.

—¿Qué? No. No hay...

—Voy contigo —repitió—. De hecho, vosotros vienes conmigo. He hecho los arreglos necesarios para que tu madre, Jerry y tú voléis allí esta tarde. Cuando estéis listos.

—No tienes por qué hacerlo.

—El avión ya está en Brownsville.

—Mayhem...

Sus ojos se clavaron en los míos.

—Di gracias, Darko.
—Gracias, Emmett.

Mientras ella se duchaba, llamé a Decker, Onyx y Cowboy para informarles de cuánto tiempo estaríamos en Ada.

Esta mañana, después de dar de comer a Millie, encontré el bloc de notas de Grace y algunas de las preguntas que había recopilado. Se las envié a Cowboy y Onyx para que pudieran buscar las respuestas antes de que volviéramos.

—¿Cómo está? —preguntó Cowboy, igual que Decker y Onyx.

—No creo que aún se haya dado cuenta del todo.

—Por favor, dile que Winslow y yo le enviamos nuestras condolencias.

Le di las gracias y colgué justo cuando Grace salía del baño envuelta en una toalla.

—Aún estás aquí.

—Sabías que estaría.

—¿No tienes que hacer la maleta o algo?

Señalé la bolsa que estaba junto a la puerta principal.

—No llegué ha deshacerla.

—Lo que dije antes lo decía en serio. No tienes por qué venir.

—¿Y si quiero?

—Supongo que no puedo impedírtelo, ya que tú vas a pilotar el avión.

—Supongo que no debería decirte que no lo haré.

Grace estaba de pie en el pasillo, agarrándose la toalla y mirándome fijamente.

—Ve a vestirte —le dije, dándome la vuelta. En lugar de eso, por el rabillo del ojo, pude ver cómo se acercaba.

No había pasado ni un minuto desde que llegué a Olmito en el que mi cuerpo no la hubiera deseado. Saber que con solo soltar la toalla quedaría desnuda puso a prueba mi determinación de no tomarla en mis brazos y hacerle el amor como solíamos hacerlo.

—Grace —suspiré su nombre cuando se colocó detrás de mí, con solo unos centímetros de distancia entre nosotros—. Por favor —le supliqué cuando la toalla cayó cerca de mis pies y ella me rodeó con sus brazos. Estuve a punto de darme la vuelta y arrodillarme frente a ella cuando vi que llegaba un coche.

Sin decir una palabra, Grace se agachó y recogió la toalla. No supe si se la envolvió alrededor del cuerpo o si la arrastró tras de sí mientras se alejaba. No me atreví a mirar.

Cuando se reunió con su madre, su padrastro y conmigo unos minutos más tarde, llevaba una blusa negra transparente y pantalones negros. Cuando me acerqué para coger su maleta, no me miró.

El vuelo de noventa minutos desde el Aeropuerto Internacional de Brownsville South Padre Island hasta el pequeño aeródromo regional de Ada transcurrió rápida y tranquilamente. Grace miró por la ventana desde que subimos hasta que salimos del avión.

—Probablemente deberíamos buscar habitaciones —dijo April mientras pasábamos por delante de una serie de cadenas de hoteles en nuestro camino hacia la ciudad en un todoterreno que había pedido que nos esperara en la pista.

—Ya me he encargado de eso —dije—. Puedo dejaros en casa de Arthur y luego llevar las maletas, si queréis.

—Gracias —dijo ella, al ver que Grace no respondía—. Es muy amable por tu parte, Emmett.

Le había comentado a Jerry que quizá sería mejor no referirse a mí como Mayhem delante de la familia de April. Obviamente, él le había pasado la sugerencia a la madre de Grace.

APARQUÉ EL TODOTERRENO DELANTE DE LA DIRECCIÓN QUE ME había dado Jerry, salí y di la vuelta para abrir la puerta de Grace.

—Voy contigo —dijo ella, mirando fijamente al frente.

—Muy bien. —Cerré la puerta y acompañé a Jerry y April hasta la puerta principal de la casa de Arthur—. Ya sabes cómo localizarme —dije.

—¿Y Grace? —preguntó April, mirando hacia el vehículo.

—Nos instalaremos y luego volveremos.

—WINSLOW MENCIONÓ QUE LA AGENTE DAVIES DIJO ALGO sobre una conexión entre Fasano, Phillips y Ferrone —dijo Grace cuando abrí la puerta y me puse al volante—. Creo que deberíamos investigarlo.

—Y lo haremos. —Arranqué después de introducir en el GPS la dirección de la casa que había reservado.

—Deberíamos seguir investigando esto ahora —dijo Grace cuando llegamos y fui a buscar la llave, abrí la puerta y se la mantuve abierta.

—Ya habrá tiempo para eso cuando volvamos a Olmito.

Se dio la vuelta hacia mí.

—No podemos permitirnos perder tiempo, Mayhem. Si hay una conexión, tenemos que saber cuál es. —Cuando metió la mano en la maleta y sacó un portátil, se lo arrebaté de las manos.

—Meemaw se ha ido, Grace. Estás aquí para despedirte y honrar su vida.

Cuando intentó quitarme el ordenador y yo no se lo solté, me golpeó en el pecho con los puños.

—Que te jodan, Mayhem —gritó.

Dejé el portátil sobre la mesa que había junto a nosotros y le agarré las muñecas con una mano para evitar que me golpeara.

—Suéltame, maldita sea —dijo furiosa cuando le rodeé la cintura con el otro brazo.

—Meemaw se ha ido, Grace —le repetí—. Se ha ido.

La lucha abandonó su cuerpo y sus ojos se llenaron de lágrimas.

—No me ha esperado.

—¿Qué quieres decir?

—Le dije que vendría a verla. No me ha esperado. —Grace empezó a sollozar y se le doblaron las rodillas. La cogí en brazos y la llevé por el pasillo hasta la primera habitación que encontré. La tumbé en la cama, me acosté a su lado y la abracé. No había nada que pudiera decir para aliviar su dolor o mitigar la culpa que sentía por no haber llegado antes. Pero al menos podía consolarla.

HABÍA PASADO UNA HORA CUANDO OÍ SONAR UN MÓVIL EN LA otra habitación.

—Debería contestar —dijo Grace.

—Quédate ahí. Ya lo cojo yo.

El timbre dejó de sonar antes de que llegara al bolso, pero estaba en la parte superior y pude ver la alerta de llamada perdida. Era de *Soj*.

Volví al dormitorio, le entregué el móvil y me excusé para ir al baño, sabiendo que si ella decidía llamarlo ahora, no querría escuchar su conversación. Esperé un par de minutos, pero no oí nada, así que salí y fui a buscar la cocina. Aunque hubiera preferido un trago del bourbon que había tomado en casa de Grace, al menos me tomaría un vaso de agua.

Después de servirme uno, me senté a la mesa. Había imaginado varios escenarios diferentes cuando finalmente encontrara a Hanadarko, pero este no era uno de los que había previsto. Tampoco lo habría querido. Meemaw era la persona más importante en la vida de Grace, y parecía una mujer absolutamente invencible. Tanto el hijo de Meemaw —Geepaw, como lo llamaba Grace— como su esposa, la abuela de Grace, habían fallecido antes de que yo la conociera, al igual que su padre. De ese lado de la familia solo quedaban su madre, su tío y la familia de este. April y su hija estaban muy unidas, pero no tanto como Grace y Meemaw.

—¿Dónde te habías metido? —La oí decir desde la esquina.

—Aquí —respondí.

—Debería aparecer por casa de Arthur.

Me quedé mirando el vaso de agua.

—Cuando estés lista, te llevaré.

—¿Emmett?

Miré a Grace a los ojos, que a veces eran verdes, pero ahora eran color avellana.

—Gracias.

Asentí con la cabeza, levanté el vaso en un brindis simulado y terminé el agua que quedaba en él.

—¿Nos vamos? —pregunté, echando hacia atrás la silla y poniéndome de pie.

—Todavía no. —Grace puso su mano sobre mi brazo, se estiró y rozó suavemente mis labios con los suyos—. Gracias —repitió —. No sé cómo podría pasar por esto sin ti.

Puse mi mano sobre su hombro.

—Eres más fuerte de lo que crees. Lo habrías superado de la misma manera que lo estás haciendo ahora.

Grace negó con la cabeza.

—Lo último que me dijo Meemaw antes de decirme que me

quería y despedirse fue que estaría esperando mi visita. Al menos eso es lo que pensé en ese momento.

—¿Y ahora qué piensas?

—Estuvo esperando hasta estar segura de que tú estabas conmigo.

AUNQUE LOS CONTEMPORÁNEOS DE MEEMAW HABÍAN FALLECIDO hacía mucho tiempo, sus familias acudieron a presentar sus respetos a la mujer que había vivido en Ada hasta que se casó con el bisabuelo de Grace y luego regresó a vivir a su ciudad natal tras la muerte de este. Cuando los últimos invitados abandonaron la capilla ardiente, Grace estaba agotada.

—¿Qué te apetece hacer? —le pregunté mientras esperábamos a Jerry y April.

—Quieren ir a casa de Arthur.

—¿Y tú?

—No la verdad.

Le rodeé los hombros con el brazo y la atraje hacia mí.

—Los dejaremos allí y luego iremos a la casa. Cuando estén listos, iré a recogerlos.

Grace apoyó la cabeza en mi pecho.

—Tenemos que hablar.

—Y lo haremos. Cuando volvamos a Olmito.

GRACE SE DIO OTRA DUCHA DESPUÉS DE LLEGAR A LA CASA alquilada. Me serví un vaso de agua, deseando haber parado de camino para comprar algo más fuerte. También se me ocurrió que ni Grace ni yo habíamos comido nada en varias horas.

—Tengo hambre —dijo ella al aparecer por la esquina.

—Justo estaba pensando lo mismo.

—Podríamos pedir pizza a domicilio.

Me reí entre dientes.

—¿Crees que también podemos pedir alcohol a domicilio?

—Vale la pena intentarlo. No me apetece vestirme.

Me di la vuelta, aliviado y decepcionado al ver que Grace llevaba algo más que una toalla.

Cogió un papel que había sobre la encimera y lo puso sobre la mesa, delante de mí.

—Parece que podemos pedir casi cualquier cosa.

Examiné la lista de servicios de entrega a domicilio que nos habían proporcionado los propietarios de la casa y, en menos de una hora, teníamos una pizza extragrande "basurero", como la llamaba Grace, con todos los ingredientes imaginables, junto con una botella de bourbon WhistlePig, el favorito de Meemaw. Los aperitivos, el desayuno y el almuerzo que habíamos pedido en el supermercado estaban programados para llegar dentro de una hora. Dado que el total de la compra ascendía a más de trescientos dólares, me sorprendió que llegara tan rápido.

Siempre me había maravillado lo mucho que podía comer Grace y, sin embargo, ser tan pequeña. Su metabolismo era asombroso.

—Deberíamos haber pedido helado —dijo, levantándose del sofá y entrando en la cocina como había hecho varias veces en la última hora—. Y salsa de chocolate caliente.

Levanté la vista del portátil y de los correos electrónicos que estaba revisando, y lo cerré. Grace estaba inquieta, y eso nunca era bueno, sobre todo cuando estaba tan cansada como ahora.

—¿Te apetece ver una película?

Grace arqueó una ceja. Aparte del fútbol americano, no creo que esa mujer haya visto nunca nada en televisión. Había dos cosas que sabía que la calmarían. Una no podía sugerírsela y la otra no quería, pero lo hice de todos modos.

—Envié tus preguntas al equipo y he recibido algunas respuestas —le dije mientras volvía a abrir el ordenador.

Sus ojos se iluminaron.

—¿Sí?

Sonreí y negué con la cabeza, preguntándome cómo había podido pasar tanto tiempo sin una investigación. Se me ocurrió que tal vez no lo había hecho.

—¿Qué? —preguntó cuando la miré.

—Me preguntaba te las arreglaste para mantenerte alejada de esto durante los últimos tres años.

Se le enrojecieron los pómulos.

—Tenía otras cosas que me mantenían ocupada. —Arqueó las cejas. Sin duda, pensaba que aludir al tiempo que había pasado con Soj me disuadiría. Pero no fue así. Tampoco lo fue cuando su tono juguetón se tornó en ira al ver que seguía observándola.

O tal vez yo sentía la misma ira que ella, ya que el silencio entre nosotros decía mucho más de lo que las palabras podrían jamás. Cerré el ordenador por segunda vez y lo dejé sobre la mesa frente a mí. Me invadió el temor.

Me puse delante de ella, jugando con un mechón de su pelo.

—Dime, Darko, ¿qué hacías con todo tu tiempo libre?

Ella cruzó los brazos, me miró con ira e intentó retroceder, pero yo la agarré por el brazo.

—¿Hubo otra *investigación*? ¿Un *caso sin resolver* que no podías dejar pasar?

Intentó zafarse de nuevo, pero la sujeté con más fuerza. Bajó la mirada hacia mis dedos, que se le clavaban en la carne.

—Me va a quedar un moratón.

—¿Algo en *Grecia*, tal vez? —dije, ignorándola.

—*Que te jodan*, Mayhem —me espetó.

Sabía que Grace mentía, era muy evidente cada vez que lo intentaba. Era más propio de ella huir. Esta vez, cuando tiró con tanta fuerza que se hizo daño, la solté, pero le rodeé la cintura con el brazo cuando se giró para marcharse enfadada. La atraje contra mí.

—Contéstame —le dije.

Ella me clavó las uñas en mi antebrazo, pero yo no la solté.

Acerqué mi boca a su oído.

—¿Desde cuándo lo sabes? —le pregunté.

Ella dobló la rodilla e intentó darme una coz, pero fui más rápido y le bloqueé el pie antes de que me diera en la ingle.

—¿Desde... cuándo... lo... sabes?

—Desde hace tiempo y deberías saber que no pienso hacer nada al respecto.

La solté, alejándola antes de salir por la puerta principal y cerrarla de un portazo. En ese momento, una furgoneta de reparto se detuvo en la entrada.

—Déjalo ahí —le grité al conductor, un chico de veintitantos años, cuando salió del vehículo.

—¿Ahí? —preguntó, señalando la plataforma de hormigón que iluminaban los faros.

—¡Sí, ahí! —le grité.

Me importaba una mierda si Grace salía a recoger los artículos que había pedido o si se los comían los animales callejeros.

Cuando llegué al final del camino, giré a la izquierda, sin reducir el paso ni siquiera cuando los coches que pasaban me obligaban a caminar entre la maleza junto a la carretera.

Finalmente llegué a un bar destartalado con un solo vehículo aparcado delante. El letrero de neón que indicaba que estaba abierto parpadeaba, más probablemente por un cortocircuito que para llamar la atención.

—¿Qué te pongo? —preguntó la única persona que había en el local, un hombre al que le faltaban varios dientes y que me recordaba a Chink Arnst, el dueño de Vroomen en Canada Lake, la siguiente persona de interés más probable que aparecía en el perfil de Grace.

—Whisky. Solo.

El hombre dejó el vaso sobre la barra con un golpe seco, sacó una botella de la estantería escalonada que tenía detrás y sirvió la bebida.

—¿Estás en la ciudad por el funeral? —preguntó.

Levanté la vista y lo miré de tal manera que dejó la botella y se dirigió al otro extremo de la barra. Me quedé mirando el vaso y pensé en mi reacción.

Estaba furioso, pero no me sorprendía que Grace no hubiera podido dejar de investigar hasta descubrir el secreto que le había prometido a Bryar que nunca revelaría.

Llené el vaso casi hasta el borde y me bebí la mitad. El hombre podría cobrarme la botella entera si quería. Mi único deseo era emborracharme.

HABÍA PERDIDO LA NOCIÓN DEL TIEMPO MIENTRAS ESTABA ALLÍ sentado, rumiando, con el alcohol alimentando la ira que intentaba contener con todas mis fuerzas, a pesar de preguntarme por qué sentía esa necesidad.

Como dijo Grace, ella sabía desde hacía tiempo que era evidente que no tenía intención de utilizar la información de ninguna manera.

Aun así, después de todo, después de perder lo que teníamos, el hecho de que no lo hubiera dejado pasar era como una puñalada en el corazón. No era Bryar quien había sido traicionada. Era yo. Aunque las palabras que le dije hace tres años fueron crueles y la hirieron en lo más profundo, no habían sido suficientes para que ella lo olvidara. Lo que no podía entender era por qué. ¿Había descubierto el resto del secreto, la parte que ni siquiera Bryar conocía? Rezaba para que no fuera así. Una vez juré entregar mi alma a cambio de que nadie descubriera nunca el papel que mi propia familia había desempeñado en la desaparición de Bryar.

EL SONIDO DE LA PUERTA AL ABRIRSE DETRÁS DE MÍ PARECIÓ sobresaltar al camarero, pero a mí no.

—Hola, Louie —dijo Grace, deslizando su trasero firme sobre el taburete a mi lado.

—He oído que estabas en la ciudad. —En mi confusión provocada por el alcohol, me pareció que el hombre apenas levantaba la vista de lo que estaba leyendo.

Ella levantó la botella de whisky casi vacía y la mostró.

—¿Cuánto se ha bebido?

—Prácticamente todo. —El hombre se levantó y rodeó la barra—. Cierra cuando te vayas —dijo mientras le entregaba un llavero a Grace.

—¿Ha servido de algo? —preguntó ella después de cerrar la puerta tras él, echar el cerrojo y acercarse a mí con aire despreocupado.

Me levanté, tirando el taburete en el que estaba sentado, la agarré por la barbilla y la miré a los ojos.

—He roto el cuello a hombres que te doblaban en tamaño —balbuceé con rabia, apretándole las mejillas con los dedos—. Y, sin embargo, eres tú quien sigue destrozándome. ¿Por qué no me volaste la puta cabeza de un tiro?

—Hubiera sido demasiado fácil.

Me quedé mirando sus labios hasta que se separaron, y entonces me lancé a devorar su boca, besándola con tanta fuerza que dolía. Las manos de Grace agarrándome el pelo eran lo único que me mantenía en pie mientras la levantaba sobre la barra, le abría las piernas y me colocaba entre ellas.

—¿Por qué?

Grace intentó besarme, pero me eché hacia atrás.

—*¿Por qué, maldita sea?*

Sus ojos se clavaron en los míos.

—¿Por qué no me lo dijiste?

—Juré no decírselo a nadie. ¿Por qué no lo aceptaste?

Ella negó con la cabeza.

—Respóndeme. ¿Por qué no pudiste simplemente dejarlo pasar?

—Porque se interpuso entre nosotros.

Negué con la cabeza como ella.

—*¡No tenía nada que ver con nosotros!* —grité.

—Guardaste el secreto de otra mujer. Una mujer que...

—Era como una hermana para mí. Menos que eso. Ella no significaba *nada* en comparación contigo.

—*Entonces, ¿por qué no me lo dijiste?*

Me aparté, tirándome del pelo con mis propias manos, sintiéndome como si estuviera volviéndome loco, y luego me incliné hacia ella, agarrándome a la barra a ambos lados de sus caderas.

—Lo sabes, ¿verdad? El resto.

Grace no respondió, pero eso fue suficiente respuesta.

—*Dime cómo lo descubriste* —grité.

—Por ella.

Dos palabras. Casi un susurro. Fueron como una puñalada en el corazón.

—¿Cuándo?

—Hace dos años este mes.

La habitación empezó a dar vueltas y me aferré a Grace, la mujer a la que amaba y odiaba por igual en ese momento.

—¿Hace dos años este mes? —repetí.

—Sí.

—¿Justo antes de que la encontraran...?

Grace asintió. Pude ver cómo se le llenaban los ojos de lágrimas a través de los míos.

—No puedo hacer esto. —Me tambaleé hacia la puerta cerrada.

—Te llevaré a casa.

La empujé, volví a forcejear con el cerrojo hasta que lo abrí y salí a la noche, lo único casi tan oscuro como mi alma.

12

HANADARKO

—¿**D**ónde está Emmett? —preguntó mi madre, mirando detrás de mí cuando entré en la iglesia.

—Tuvo que volver.

—¿Volver? —Antes de que pudiera preguntar nada más, se acercó el sacerdote que pronto oficiaría el funeral de Meemaw.

Mis ojos se encontraron con los de mi padrastro.

—Está durmiendo la mona —susurró una vez que mi madre se hubo alejado lo suficiente como para no oírnos.

—¿Dónde?

—En Balcourt Inn, justo al lado de Second Street.

—Gracias, Jerry.

—Debéis haber tenido una pelea tremenda —murmuró.

—Algo así.

—Siempre fue así entre vosotros dos. "La pasión arde como el fuego del diablo", solía decir Meemaw. Le preocupaba que te consumiera algún día.

Tenía razón. Pero no yo. Mayhem. Tenía razón al estar tan enfadado. Me había entrometido en algo que no era asunto mío, en lugar de dejarlo pasar como él me había rogado. Una parte de mí se preguntaba si él me habría contado la historia con el tiempo.

Al menos parte de ella. Dudaba que alguna vez hubiera sido capaz de hablar de su hermana, sobre todo porque yo no sabía que tenía una, hasta que la encontré.

HABÍA VIAJADO A GRECIA, A MYKONOS, DECIDIDA A RESOLVER el misterio de una vez por todas. Me dije a mí misma que Mayhem se lo merecía después de cómo me había destrozado, pero la verdad era que me había obsesionado.

—Es hora de sentarnos —dijo Jerry, guiándome hasta el primer banco, donde estaba sentada mi madre. Le indiqué que pasara delante para sentarse a su lado, pero él negó con la cabeza.

Deseé que Mayhem estuviera allí. Quería estirar la mano y coger la suya cuando las palabras del pastor se hicieron demasiado difíciles de soportar para mí. Ayer, cuando le dije que no sabía cómo iba a superar la muerte de Meemaw sin él, me respondió: "Eres más fuerte de lo que crees. Lo habrías superado de la misma manera que lo estás haciendo ahora". Esto pondría a prueba si tenía razón o no.

El sacerdote se situó junto al ataúd de mi bisabuela, que aún se encontraba en el nártex*, y rezó una oración sobre él. Justo cuando terminó y los ujieres estaban a punto de llevar a Meemaw al frente de la iglesia, cerca del altar, se abrió la puerta y Mayhem entró.

Sabía que tenía que darme la vuelta cuando pasara el ataúd. No hacerlo habría llamado la atención, pero me costó mucho no esperar a que sus ojos se encontraran con los míos, hasta que pudiera indicarle que avanzara por el pasillo y se sentara a nuestro lado. Se apartó de mi campo de visión antes de que pudiera hacer nada. Incliné la cabeza cuando el sacerdote pidió a los feligreses que rezaran con él y luego nos invitó a sentarnos. Eché un vistazo

---

* Se denomina nártex al atrio o vestíbulo situado a la entrada de las iglesias de las épocas paleocristiana y bizantina.

por encima del hombro y vi a Mayhem en la última fila, con la cabeza aún inclinada.

Significaba mucho para mí que estuviera allí, sobre todo después de lo que había pasado entre nosotros la noche anterior. Pero quizá su presencia no tenía nada que ver conmigo. Quizá estaba aquí para presentar sus respetos a una mujer que siempre había sido amable con él. Ella le había hecho pasar muchos malos ratos, como a todos, pero él sabía que era en broma.

"¿Qué clase de neandertal eres que no sabes bailar el two-step?", le había dicho una noche que estábamos de visita. Lo había llevado a la cocina y habían bailado hasta que él finalmente le hubo cogido el truco. Era uno de mis recuerdos favoritos de los dos. De él. Ella era cinco centímetros más baja que yo, por lo que parecía casi una niña cuando él la cogía en sus brazos y la llevaba por el pequeño espacio, radiante de felicidad.

Exhalé profundamente cuando se me llenaron los ojos de lágrimas, llorando por la mujer que había sido mi roca, pero también por la pérdida del hombre al que quería tanto como a ella.

Mi bisabuela había sido miembro de la iglesia en la que estábamos desde que nació, nos recordó el sacerdote. Señaló la pila bautismal y contó una historia que era demasiado joven para haber presenciado en primera persona.

Uno de sus predecesores debió de transmitirle el recuerdo de cómo ella lloraba con toda la fuerza de sus pulmones, más fuerte que ningún bebé jamás había llorado, pero cuando el pastor le puso la mano en la cabeza y la bendijo, se calló:

—Meemaw conocía el poder de Jesús —dijo, mirándome directamente a los ojos. Entonces me pregunté si ella le habría hablado de mí y le habría contado que yo cuestionaba la existencia de Dios. ¿Cómo no hacerlo después de presenciar la brutalidad que habían sufrido víctimas inocentes a manos de un solo hombre? Si existía algo así como un santo padre, ¿cómo había podido permitir que sucediera? ¿Por qué no había fulminado al asesino con un rayo tan poderoso que lo hubiera incinerado espontáneamente?

Mi madre y Jerry lloraron conmigo cuando el pastor habló del amor incondicional de Meemaw por su familia.

—Estaba muy orgullosa de ti —dijo, mirándome fijamente a los ojos.

Después de la última oración, invitó a los presentes a quedarse después del funeral para visitar a la familia. Otro día, después de la cremación, habría una ceremonia privada en el cementerio, donde sería enterrada junto a sus padres y su marido, que había consentido pasar la eternidad a su lado en un lugar que significaba más para ella que cualquier otro para él.

Algo me decía que si Mayhem y yo hubiéramos seguido juntos, él me habría hecho la misma oferta, a pesar de ser de Inglaterra.

Me levanté para seguir el féretro fuera de la iglesia, donde esperaba un coche fúnebre, pero cuando miré la fila donde Mayhem había estado sentado, el banco estaba vacío. Pensé que tal vez estaba fuera, esperando para consolarme, pero no fue así.

No lo vi en la capilla de la iglesia, donde las mujeres auxiliares ofrecían café y pasteles, ni vi su maleta en la casa cuando le pedí a Jerry que me llevara allí después de que terminara el funeral y antes de que él y mi madre regresaran a la casa de mi tío. Les rogué que no me llevaran con ellos, diciendo que quería acostarme, pero en realidad quería estar allí por si Mayhem regresaba. Esperé varias horas sola antes de apagar las luces, meterme en la cama y llorar hasta quedarme dormida.

—ME HAN DICHO QUE EL AVIÓN ESTÁ EN EL AERÓDROMO DE Ada —dijo Jerry al día siguiente, cuando llegó la hora de volver a Olmito. Quería preguntarle quién se lo había dicho, pero sabía que si había sido Mayhem, él me lo habría dicho.

Le había llamado varias veces, pero cada vez saltaba el buzón de voz.

—¿Estás segura de que quieres quedarte aquí sola? —me preguntó mi madre cuando Jerry y ella me llevaron a mi casa.

—No estaré sola. Millie está aquí —respondí, sabiendo que me estaba esperando después de que llamara al vecino que cuidaba de ella y de mis caballos cuando yo estaba fuera de la ciudad. Además de Mayhem y yo, él era la única persona a la que Mil toleraba, probablemente porque le daba de comer.

—Podemos quedarnos aquí contigo, cariño —me ofreció mi madre.

—Estaré bien, mamá. Prefiero estar sola.

—Si cambias de opinión, avísanos.

En cuanto entré en la casa vacía, salvo por mi perra, me dejé caer al suelo, rodeé a Millie con los brazos y lloré.

Mi móvil sonó un rato después, pero no era la persona que esperaba que llamara.

—Hola, Garrison.

—Hola, Grace. Winslow y yo sentimos mucho lo de tu abuela.

—Gracias. ¿Qué puedo hacer por ti?

—Eh, Mayhem me ha pedido que te diga que ha vuelto al centro de mando en Nueva York. Otro compañero nuestro, cuyo nombre en clave es Ares, tiene previsto llegar a tu casa mañana por la mañana. Tiene experiencia en elaboración de perfiles, así que sustituirá a Mayhem.

—Gracias por avisarme —dije, ansiosa por colgar antes de que se me saltaran las lágrimas otra vez.

—Si necesitas algo más, dímelo y yo me encargaré.

Necesitaba a Mayhem. Dudaba que Garrison pudiera encargarse de eso.

A LA MAÑANA SIGUIENTE, UN TOYOTA LAND CRUISER VINTAGE llegó poco después de las nueve cero cero. Miré por la ventana al hombre que salió y examinó mi propiedad. Sí, parecía destartalada. Eso era a propósito.

93

La puerta del vehículo ocultaba la mayor parte de su cuerpo, y cuando la cerró, casi me quedé sin aliento. El hombre parecía un dios griego con un cuerpo que rivalizaba con el de Mayhem. De hecho, tal vez Mayhem rivalizaba con este tipo.

Incluso desde la distancia, supe que sus ojos eran de un azul penetrante cuando se encontraron con los míos. Tenía el pelo largo como Mayhem, pero por lo demás, ahí terminaba el parecido. Su cabello era rubio arena y, bajo la camiseta de manga corta, pude ver que no tenía tatuajes en los brazos.

Abrí la puerta principal cuando sacó una bolsa del Land Cruiser y se dirigió hacia la casa.

—Tú debes de ser Ares —dije, dando un paso hacia el porche.

—Y tú debes de ser Hanadarko. —Miró más allá de mí—. ¿Y quién es esta? —preguntó, agachándose para rascar las orejas de mi perra.

—Es Millie, diminutivo de Milagro —dije, sorprendida de que no solo mostrara la cara, sino que además dejara que un desconocido la acariciara.

—Qué bonito nombre. Es una monada.

—Pasa. —Le abrí la puerta, pero él me indicó que entrara primero—. ¿Te puedo ofrecer algo?

—Si tienes café hecho, me encantaría una taza.

—Acabo de hacer.

Dejó su bolsa cerca de la puerta y me siguió a la cocina.

—¿Cómo te gusta?

—Solo está bien.

—Cowboy mencionó que tienes experiencia en perfiles —dije, entregándole la taza humeante.

—Gracias —dijo, dejándola en la encimera antes de agacharse para acariciar a Millie.

—Normalmente no le gusta la gente —murmuré, sacudiendo la cabeza—. Pero está claro que tú le caes bien.

—Es muy simpática. La mayoría de los perros tardan un poco

en acostumbrarse a mí. —Se puso de pie y tomó un sorbo de café
—. Me preguntaste por los perfiles.

—Sí.

—Trabajé con Verónica Russo en algunos casos antes de que
muriera.

Arqueé una ceja. Esa mujer había sido la primera perfiladora
en trabajar en el FBI y fue una pionera. Me hubiera encantado
tener la oportunidad de conocerla.

—Envidio tu experiencia. He leído su libro unas cien veces.

—Yo también. Era increíble.

—Muchas de las metodologías que utilizo las aprendí en su
libro.

—Yo también —repitió—. Parece que formaremos un buen
equipo.

La única persona con la que había trabajado hasta hoy era
Mayhem. Y, hasta hoy, seguía siendo escéptica sobre si podría
trabajar tan bien con cualquier otra.

13

MAYHEM

—¿**A** res? ¿A él has enviado? Creía que Buster estaba de camino a Olmito —le dije a Montano Yáñez, alias Onyx, el comandante del K19 Equipo de Operaciones Sombra.

—Ares estaba disponible y, como tiene experiencia en perfiles, pensé que sería más adecuado. —Me miró—. ¿Algún problema, hijo?

—En absoluto —mentí—. Me ha sorprendido.

Él sonrió.

—He oído que lo habías terminado con Hanadarko.

—No sé de qué estás hablando —murmuré, alejándome.

—¿Cómo estás? —preguntó Buster. Me senté en el asiento libre junto a él en una de las mesas del centro de mando que se había instalado en el campamento forestal al sur de Canada Lake.

—He estado mejor, para ser honesto.

—Te entiendo. Ojalá atrapemos a ese cabrón —dijo en voz baja. No hacía falta que bajara la voz. Dudaba que hubiera alguien en esa sala que no estuviera de acuerdo.

Ares. Nunca se me había ocurrido que lo enviarían a él a Olmito. Sin embargo, el hombre tenía experiencia en perfiles.

Había trabajado con una de las mejores, Verónica Russo, a quien yo sabía que Grace admiraba mucho. Negué con la cabeza ante los celos que sentí desde el momento en que Onyx me dio la noticia.

—Quizá con Ares trabajando con Hanadarko, lo encontremos antes —dijo Buster, como si me hubiera leído el pensamiento—. Me decepcionó que Onyx me retirara del caso, pero entiendo por qué lo hizo. No sé mucho sobre esa mujer, pero por lo que he oído, los dos deberían formar un gran equipo. Incluso mejor que vosotros dos.

—Gracias —murmuré, echando la silla hacia atrás y poniéndome de pie.

—No te ofendas, Mayhem.

—No lo hago. —En lugar de acercarme a cualquier otro, salí al exterior. El aire era fresco y mucho más frío que en Olmito, pero la nieve se había derretido y había señales de primavera por todas partes. La nueva vida era refrescante tras el frío del invierno, cuando todo parecía muerto y gris. Eso no cambiaba el hecho de que estuviéramos buscando a un asesino, o asesinos. Sin embargo, el cambio de paisaje podría ayudarme a sentir menos desesperación.

Me preguntaba si había tomado la decisión correcta al marcharme antes de que terminara el funeral de Meemaw. Aunque no había permitido que nuestras miradas se cruzaran, sentía la mirada de Grace sobre mí y me alegraba de que supiera que había ido a presentar mis respetos. Sin embargo, no podía ofrecerle más que eso. Todavía estaba demasiado enfadado porque había hablado con mi hermana, probablemente una de las últimas personas en hacerlo. Sentí que se me tensaban los hombros al pensar en ello.

—Aquí estás —dijo Ranger, uniéndose a mí fuera—. Onyx dijo que habías aparecido.

—Sí, aquí estoy.

—Quería que te dijera que Doc y Merrigan están de camino. Deberían llegar en los próximos dos o tres días.

—¿Para qué? —pregunté, aunque no me importaba verlos.

—Solo una visita rápida.

—Ya veo.

Ranger apoyó los antebrazos en la barandilla que rodeaba el porche.

—Cowboy dijo que había fallecido la abuela de Grace.

—Su bisabuela.

—Supongo que la reunión no fue muy bien.

Ranger era una de las pocas personas que sabía lo que había pasado entre Grace y yo tres años atrás. El hecho de que muy pocos miembros del equipo K19 lo supieran me confirmaba que era un hombre de confianza.

—Hay cosas que tenemos que resolver.

—Lo siento, tío. Pero Ares es bueno. Al menos de eso puedes estar seguro.

Nada en el hombre que acompañaba a Grace me permitía estar tranquilo. Por mucho que mi cerebro creyera que era hora de pasar página de una vez por todas, mi intransigente corazón no podía.

Al menos no tenía que quedarme de brazos cruzados viendo cómo trabajaba con un hombre que, según Buster, sería mejor "compañero de equipo" para ella que yo.

LA LLEGADA DE DOC Y MERRIGAN, TRES DÍAS DESPUÉS, NO PUDO ser más oportuna, ya que me distrajo de mis pensamientos sobre Grace.

—¿Cómo estás? —me preguntó Merrigan mientras nos besábamos en la mejilla.

—Bueno. ¿Y tú? ¿Cómo están los niños?

—Crecen tan rápido. Larry, que es como Rielle llama a su hermano mayor —dijo encogiéndose—. Tiene tres años y parece que tiene dieciocho. Mi niña es más marimacho de lo que yo fui nunca. Laird se encarga muy bien de que su hermana se meta en todos los líos posibles. Juro que podría jugar en charcos de barro todo el día y entrar en casa sin una mancha de suciedad. Rielle, por otro lado, parece encontrar algo con lo que ensuciarse la ropa incluso antes de desayunar. —Merrigan me estudió—. Supongo que cuando has dicho "bueno", lo que querías decir era "jodidamente horrible".

—Lo siento. Este caso...

—¿Este caso o la perfiladora con la que se supone que debes trabajar?

Miré por encima del hombro para ver quién más podía oírnos.

—Prefiero no hablar de ello, si no te importa.

—No me importa, pero podemos hablarlo más tarde.

—O nunca. —Le guiñé un ojo y ella sonrió.

—Maldita sea. —Oí decir a Onyx en voz alta. Miré a tiempo para verlo dejar caer el teléfono sobre la mesa e inclinar la cabeza.

—Oh, no —murmuró Merrigan.

La seguí hasta donde también se encontraba Ranger.

—Ha aparecido otro cadáver —dijo.

Cerré los ojos e incliné la cabeza como había hecho Onyx.

—¿Dónde?

—Caroga, muy atrás, en el canal que lleva al nacimiento del lago.

AL FINAL DEL DÍA, LLEGARON MÁS LLAMADAS CON INFORMES DE lo que resultaron ser dos cadáveres más. Uno fue encontrado por unos campistas en la zona de acampada cerca de Moffitt Beach, a casi cinco kilómetros de Speculator, donde se había descubierto el cadáver de Betsy. El otro fue encontrado en un contenedor de basura detrás de un restaurante en Johnstown.

—O está aumentando o los asesinatos no están relacionados —dijo Merrigan cuando llegó la última llamada—. Ares y Hanadarko deberían estar trabajando aquí en lugar de a distancia.

—Ella nunca lo aceptará.

—De hecho, ya están de camino —dijo Doc, uniéndose a la conversación entre su esposa y yo—. Ranger fue a recogerlos al aeródromo de Johnstown. Según Ares, fue a petición de Hanadarko.

Miré la hora. Si iban a llegar tan pronto como para que Ranger ya hubiera salido a recogerlos, ella debía de haber hecho la petición antes de enterarse de las dos últimas víctimas, quizá incluso de las tres. Respiré hondo y exhalé lentamente, evitando mirar a Merrigan a los ojos.

—¿Dónde te alojas? —preguntó ella.

—Con Buster, al otro lado del lago.

—Deberíamos ver si podemos conseguir alojamiento para nosotros y para Ares y Hanadarko —le dijo a su marido.

—Entendido —respondió él, alejándose, supongo que para hacer lo que ella le había sugerido.

—¿Vas a ser capaz de manejar esto?

La miré con los ojos muy abiertos.

—Me molesta la pregunta. ¿Cuándo no me he comportado de manera totalmente profesional?

Antes de que pudiera responder, Buster regresó.

—Puedo quedarme al lado, con Casper y Spider —dijo—. Así, Hanadarko y Ares pueden quedarse contigo.

—¿Es necesario? —pregunté.

—No hay casi ningún alojamiento disponible en la zona. La gente está abriendo sus cabañas para la temporada, así que no hay prácticamente nada que alquilar.

—¿Qué pasa con el Pleasant Lake Inn o Vroomen Hotel? —Que yo supiera, este último llevaba años sin estar completo.

—Con los equipos forenses y de buceo en la ciudad, todas esas habitaciones también están ocupadas —informó Buster.

—No hace falta que te traslades. Puedo quedarme yo con Casper y Spider —ofrecí.

—Ya está arreglado —dijo Buster alejándose.

No podía discutir, sin parecer un completo idiota.

—Dudo si volver a preguntar por miedo a ofenderte...

—Entonces, no lo hagas. —Me alejé, deseando haber enviado a Merrigan el correo electrónico en el que renunciaba a la investigación antes de que Cowboy y Winslow me convencieran de no hacerlo.

En lugar de hacer un espectáculo público, buscaría alojamiento en otro lugar, aunque tuviera que viajar un poco. En cuanto Grace se enterara de que estábamos alojados en el mismo sitio, seguramente exigiría un cambio.

POR SUERTE, ENCONTRÉ UNA CABAÑA DISPONIBLE EN EL BOSQUE sobre Green Lake, separada de Canada Lake por una pequeña ensenada. Estaba situada en la cima de Kane Mountain, en el emplazamiento de una torre de vigilancia abandonada. No había acceso por carretera, lo que significaba una caminata diaria de ida y vuelta, pero la distancia era inferior a dos kilómetros y el desnivel apenas superaba los doscientos metros.

Sin embargo, mientras subía por el sendero, se me ocurrió que si decidía no quedarme en la cabaña con Ares y Grace, se quedarían allí solos.

—Maldita sea —murmuré, dando media vuelta para bajar.

❧ 14 ❧

HANADARKO

Cuando Ares preguntó por qué estábamos perfilando un caso de un pueblo de Texas, en la frontera EE.UU. con México, cuando los asesinatos se habían cometido en Nueva York, más cerca de la frontera con Canadá, no se me ocurrió ninguna respuesta que lo justificara sin entrar en los detalles sórdidos de mi relación con Mayhem. Dado que él parecía desconocer mi historial profesional, no quería revelarle por qué había dejado el FBI tres años atrás.

—Al principio, era para poder orientarme sobre los crímenes sin verme inundada de información ajena al perfil. Sin embargo, ahora estoy de acuerdo en que tendría más sentido que estuviéramos en el centro de mando principal.

—Me encargaré de todo.

Me mordí el labio cuando Millie apoyó la cabeza en mi muslo. Odiaba dejarla sin saber cuánto tiempo estaría fuera.

Jerry y mi madre se ofrecieron a quedarse aquí y cuidar de ella, pero sin una fecha de regreso, no me parecía justo aceptar su oferta.

—Lo siento, pequeña. Parece que tu mamá tendrá que irse por un tiempo.

—Puedes traértela contigo —dijo Ares, que no me había dado cuenta de que había vuelto a entrar—. Ranger ha hecho los arreglos para alojarnos en una cabaña junto al lago, eh, en un campamento. Le mencioné a Millie y dijo que los perros estaban permitidos en el alquiler.

—No estoy segura de que pueda viajar en la bodega de un avión durante tanto tiempo. Ni siquiera en un vuelo corto. Que yo sepa, nunca ha volado. —Por no mencionar que se ponía muy nerviosa con la mayoría de la gente, excepto con Mayhem, mi vecino que le daba de comer, y Ares, al parecer.

—Eso tampoco es un problema. No viajaremos en un avión comercial. —Cuando Ares se arrodilló, Millie se dirigió directamente hacia él.

En los últimos tres días, Ares y yo habíamos centrado nuestra atención en quién podría haber cometido los asesinatos más antiguos, en lugar de en los más recientes.

Era desconcertante que se hubiera denunciado tan poca gente en los condados dentro del Parque Estatal Adirondack. Aunque el Departamento de Conservación Medioambiental del estado no había empezado a llevar un registro oficial de desapariciones hasta 1971, en ese tiempo solo se habían denunciado nueve. De esos nueve, cuatro habían sido encontrados. De los cuatro, tres aparecieron muertos y uno vivo. De los tres, ninguno se consideró que hubiera muerto en circunstancias sospechosas.

Esta mañana, me había centrado en la demografía de la región, con la esperanza de que arrojara alguna luz sobre cómo más de cuarenta personas podían haber sido asesinadas y sus cadáveres arrojados en la orilla deshabitada de un lago de montaña sin que se hubiera denunciado su desaparición.

—Según el NCMEC, el Centro Nacional para Niños Desaparecidos y Explotados, se cree que más de cuarenta mil jóvenes de entre diez y diecisiete años se han fugado de sus hogares. Eso solo en el estado de Nueva York —dijo Ares después de que nos sentáramos a trabajar mientras esperábamos noticias sobre el transporte.

—El rango de edad es inferior al de las víctimas que conocemos —respondí—. Sin embargo, según la base de datos NamUS*, Nueva York es el sexto estado del país con más personas desaparecidas. Hay tres personas desaparecidas por cada cien mil habitantes. Texas está por encima con cuatro.

—Y esos son los que se denuncian.

—Exacto. ¿Y los demás?

—¿Los que no se denuncian?

Asentí con la cabeza, buscando ya las estadísticas.

—Los fugados constituyen un buen número —dijo Ares—. Pero, de nuevo, se trata de un grupo demográfico de menor edad.

Levanté la cabeza.

—Los niños que superan la edad para estar en acogida.

Ares se recostó en su silla.

—Brock Phillips era un niño en acogida.

—Fue adoptado por Peter Phillips y su esposa. Peter era el cuidador del campamento de la iglesia donde Brock retuvo a Wasp antes de suicidarse.

—¿Y Ferrone y Fasano? —preguntó Ares.

—Los expedientes de acogida están sellados. Necesitaríamos una orden judicial para acceder a ellos.

—Conozco a alguien que podría ayudarnos —dijo, cogiendo su teléfono móvil—. Hola, Decker —dijo un minuto después—. Sí, estoy aquí con Hanadarko. Necesitamos acceder a los registros de acogida, principalmente en Nueva York, pero también en los estados adyacentes. —No pude oír la respuesta de Decker, pero menos de un minuto después, Ares le dio las gracias y colgó—. Nos llamará.

Mientras yo me había centrado más en quiénes eran las

---

* National Missing and Unidentified Persons; Personas Desaparecidas y No Identificadas a Nivel Nacional.

víctimas desaparecidas, Ares tenía razón en volver a centrar nuestra atención en los asesinos. Sin embargo, algo en mi interior me decía que si podíamos identificar el perfil de las víctimas anteriores a Betsy, eso nos daría alguna pista sobre quién o quiénes eran sus asesinos.

Cuando revisé los informes sobre miembros desaparecidos de familias adineradas, como Emily, Melissa y Janine, no encontré nada más que los casos de alto perfil que habían aparecido en las noticias durante años. Como la heredera de una cadena de tiendas de muebles que salió de una reunión para recoger a sus hijos del colegio y nunca más se la vio. Entonces me topé con algo más en el mismo artículo sobre una mujer que había desaparecido a principios de los setenta. Su tío era juez de familia en Albany.

—Escucha esto —le dije a Ares, que levantó la cabeza—. Cathy MacGregor, que provenía de una familia multimillonaria, desapareció después de visitar una librería en la ciudad de Nueva York.

—¿Cuándo fue eso? —preguntó.

—Hace unos cincuenta años. Hay informes contradictorios sobre cuándo desapareció realmente.

—Sigue.

—Su familia encubrió todo el asunto y se negó a llamar a la policía.

—Estaban protegiendo a alguien.

—Quizás, pero aquí viene lo interesante. En lugar de llamar a la policía, contrataron a un abogado para que investigara el caso. Alguien que había trabajado para el tío de la mujer, un juez del Tribunal Supremo.

—¿Dice quién era el abogado? —preguntó.

—No, pero no debería ser difícil averiguarlo. —Seguí leyendo —. Resulta que ella estaba involucrada con un hombre mayor que vivía en Boston. Él fue descartado como sospechoso y nunca se nombró a nadie más como persona de interés. Según este artículo, "simplemente desapareció".

El móvil de Ares sonó.

—Creo que es por nuestro vuelo.

Esperaba que no fuera pronto. Aún no había empezado a hacer las maletas. Consulté el parte meteorológico de las montañas Adirondacks.

—¿Mínima de cero grados y máxima de quince? —murmuré. No tenía ropa adecuada para el frío. Aunque tuviera tiempo para ir de compras, no había ninguna tienda que vendiera chaquetas de invierno en Olmito.

—El avión está en el Aeropuerto Internacional Brownsville South Padre Island —dijo Ares—. ¿Cuánto tardarías en estar lista para salir?

—Sobre esto. —Señalé la pantalla.

—Sí, hace frío.

—Más teniendo en cuenta que dudo que tenga más de dos camisetas de manga larga.

—Hay tiendas en Johnstown donde puedes comprar algunas cosas. Si no, tengo una chaqueta que puedes usar hasta que encontremos algo más adecuado.

Maldita sea. El hombre era tan guapo que podría ser modelo de ropa interior masculina, tenía los ojos más azules que había visto en mi vida y era todo un caballero. ¿Cómo era posible que nadie lo hubiera pillado? En realidad, quizá alguien lo había hecho.

—¿Estás casado? —le pregunté.

Ares se rio.

—Con el trabajo que tengo, ¿quién tiene tiempo para relaciones? A menos que sea con alguien con quien trabaje.

—No es buena idea. Ya conoces el viejo dicho: "Donde tengas la olla, no metas la polla".

—Nunca he entendido cómo eso es una metáfora de las relaciones en el trabajo.

Lo pensé durante un minuto. Yo tampoco.

. . .

Treinta minutos más tarde, llegamos al aeródromo de Brownsville, donde, solo unos días antes, Mayhem había preparado un avión para llevarnos a mi madre,padrastro y a mí a Oklahoma para el funeral de Meemaw. Entonces, aún tenía una pequeña esperanza de que pudiéramos ser amigos, al menos. Ahora, dudaba de que fuera posible. Como había predicho Meemaw, algún día nuestra pasión nos consumiría. La ira apasionada también contaba.

Mientras observaba a Ares, que había insistido en hacerlo, cargar mis maletas en el avión, me di cuenta de que había empaquetado el doble para Millie que para mí.

—Me mantendrás caliente, ¿verdad, chica? —Me acerqué a la escalera para subir al avión y mi perra se quedó paralizada. No se movía—. Mierda —murmuré, agachándome para cogerla—. Tengo que dejar de darte tanta comida.

—Déjame —dijo Ares, acercándose rápidamente.

—Yo puedo hacerlo. —En realidad, no estaba segura de poder hacerlo. Nunca conseguiría subir a mi perra al avión si resbalaba y caía con ella en brazos.

La mano de Ares me rozó el pecho cuando se acercó a Millie para cogerla.

—Lo siento —dijo.

—No pasa nada. —Peor aún, no hubo chispa. Ninguna. Cuando Mayhem me tocaba, literalmente en cualquier parte, era como si una corriente eléctrica fluyera de su cuerpo al mío. Había sucedido el primer día que nos conocimos, cuando se inclinó para susurrarme al oído: "Yo no soy un caballero". Sin embargo, lo era, igual que Ares. ¿Por qué Mayhem tenía que ser el único hombre que me gustaba? Por desgracia, eso incluía a Soj.

—Adelante —dijo Ares con mi perra en brazos.

—Lo siento, ¿me estabas esperando? —Subí corriendo las escaleras. Después de estar sola durante la mayor parte de los últimos tres años, me estaba costando un poco acostumbrarme a los modales de caballerosos.

El avión en el que íbamos hoy era más grande que el que habíamos cogido para ir a Ada. Probablemente porque era un vuelo más largo y necesitaba más combustible. Lo bueno era que tenía asientos que parecían más sofás. Cuando me senté en uno, Millie saltó a mi lado.

—¿Ves? No está tan mal.

Ares se sentó frente a mí y Mil y miró algo en su teléfono.

—Han encontrado otro cadáver.

—*Joder.* ¿Dónde?

—En Caroga, en el canal que lleva al nacimiento del lago.

—¿Un cadáver o restos óseos? —pregunté.

—Un cadáver.

—¿Hombre o mujer?

—Mujer.

Lo que significaba que *ella* había muerto recientemente. Aunque eso ya era una mala noticia en sí misma, algo me decía que habría más.

Mis sospechas se confirmaron cuando aterrizamos cuatro horas más tarde y tanto Ares como yo recibimos mensajes que decían que habían encontrado otros dos cadáveres.

—Tenemos que acelerar las cosas —dije cuando nuestros ojos se encontraron después de leer el mensaje.

—Ahora que estamos en el lugar de los hechos, podremos reunir pruebas más rápido.

Millie dudaba tanto en bajar las escaleras como en subirlas, así que, una vez más, Ares la llevó en brazos.

—Hola, Ranger. —Oí decir a Ares cuando el hombre se acercó.

—¿Quién es esta? —preguntó.

—Milagro.

Millie trepó por el cuerpo de Ares y estaba prácticamente sobre su hombro cuando Ranger extendió la mano para acariciarla. Corrí hacia ella y la agarré antes de que sus garras se clavaran en la piel de Ares.

—Lo siento, no le gusta la gente nueva. Soy Grace. O Hanadarko.

—Owen Messick. O Ranger.

—Te daría la mano, pero...

Millie tenía la cabeza escondida bajo mi brazo, como si Ranger fuera a desaparecer por arte de magia si no lo veía.

—Te quedarás en una cabaña con Mayhem. —Oí decir a Ranger a Ares.

—¿Y yo dónde estaré? —pregunté.

—En el mismo sitio. Hay tres dormitorios.

—¿Mayhem sabe algo de esto? —pregunté, convenciendo a Millie para que se sentara en el asiento trasero.

—Sí. Fue idea suya.

Abrí mucho los ojos.

—¿En serio?

Ranger se rio.

—Demonios no. Puso la misma cara que tú ahora.

Negué con la cabeza y también me reí. Me sentí aliviada al saber que Ranger solo estaba bromeando.

15

MAYHEM

Esa es la bolsa de Mayhem. —Oí decir a Grace cuando se abrió la puerta y entraron. Yo estaba en la esquina, fuera de su campo de visión.

—Sí. Ya te lo dije, tú y Ares os quedáis aquí con él.

—Espera. ¿Qué? Dijiste que era una broma.

—No, no lo dije.

—Sí lo dijiste. Cuando te pregunté si hablabas en serio, dijiste: "Demonios no".

—Demonios no, no fue *idea* suya.

—No puedo creerlo —dijo, en voz tan baja que apenas pude oírla—. ¿Estás seguro de que él sabe que me voy a quedar aquí?

—Por supuesto. De hecho, había hecho otros planes, pero cambió de opinión.

Dios mío, ¿tenía Ranger que divulgar esa información?

—¿Dónde está Mayhem? —preguntó Ares.

—Aquí —dije, asomándome por la esquina, sorprendido al ver a Millie corriendo hacia mí. Me arrodillé para acariciarla, sorprendido de lo cómoda que parecía con Ares y Ranger en la habitación—. ¿La has traído? —le pregunté a Grace, mirándola.

—No sabía cuánto tiempo iba a estar aquí. Ares dijo que no había problema.

Me puse de pie.

—Ares, bienvenido. Me alegro de tenerte con nosotros.

Me estrechó la mano.

—Gracias. Parece que estamos listos para ponernos a trabajar.

Antes de que llegara Grace, había conseguido varias pizarras blancas del centro de mando y las había traído a la cabaña.

—Mayhem sugirió que sería mejor que los tres trabajarais aquí por el momento —dijo Ranger—. Con los antropólogos forenses, los equipos de buceo y los agentes enviados por el FBI y la CIA, hay mucho ajetreo al otro lado del lago. Ah, y para que lo sepáis, el médico forense también se ha instalado allí. Él y su equipo están trabajando en colaboración con los forenses.

—¿Las tres últimas víctimas están en el centro de mando? —preguntó Grace.

—Dos de las tres sí. Una está siendo trasladada desde Moffitt Beach —respondió Ranger.

—Me gustaría echar un vistazo a los cadáveres —le dijo Grace.

—De acuerdo. ¿Quieres ir ahora? —le ofreció Ranger.

—Ares, ¿por qué no vas con Ranger? Grace y yo iremos detrás —sugerí.

Aunque arqueó una ceja, accedió a ir conmigo.

No arranqué el motor de inmediato.

—Grace...

—Mayhem, antes de que digas nada, tengo una propuesta que hacerte.

—De acuerdo.

—Dejemos este... asunto entre nosotros hasta que encontremos al asesino en serie o hasta que ninguno de los dos siga en la investigación. Sabemos cómo trabajar juntos. De hecho, formábamos un buen equipo. Ares también es bueno. Entre los tres, creo que seremos capaces de perfilar a estos asesinos y poner fin a esta carnicería que dura ya años.

Sacudí la cabeza, algo aturdido por su propuesta directa y bien pensada. Sin embargo, antes de que pudiera reaccionar, volvió a hablar.

—Ha salido bastante bien, ¿verdad? No sabes cuántas veces lo he ensayado en mi cabeza.

Sin molestarme en contenerme, me eché a reír. Solo Grace. *Mi Grace*. El pensamiento era tan natural como todo lo demás había sido entre nosotros, incluidas nuestras discusiones.

—Acepto tu propuesta.

Ella soltó un profundo suspiro.

—Gracias a Dios. Hay tantas cosas que quiero comentarte.

—Puede que no lo creas, pero yo tenía la intención de tener una conversación similar cuando te propuse que vinieras conmigo.

Ella me miró de reojo.

—Claro que sí.

—¿Estás siendo sarcástica?

Grace negó con la cabeza.

—En absoluto. Es solo que normalmente eres tú el más maduro.

—Aunque me gustaría pensar que eso es cierto, sé que no es así. Siempre has sido más sabia que yo.

La sonrisa desapareció de su rostro.

—Cuando esto termine, quiero que hablemos. Hablar de verdad. Que lo saquemos todo.

No quería esperar. En lugar de conducir hasta el centro de mando, quería continuar, sin importarme dónde acabáramos, siempre y cuando estuviéramos juntos y comunicándonos.

Por desgracia, no podíamos. Grace tenía razón al decir que era hora de detener la carnicería. Ya lo habíamos hecho antes, y aunque yo la culpaba cruelmente por el retraso en el perfil que *finalmente* había permitido a las fuerzas del orden detener a uno de los asesinos en serie más prolíficos de la historia, en realidad no se debía a su falta de concentración. Había un sinfín de razones por las que el FBI no había estado listo para hacer un arresto.

Por mucho que quisiéramos detener a todos los asesinos, a todos los delincuentes, recopilar pruebas, construir un caso —con o sin perfil— llevaba tiempo. Meses, a veces años.

Aunque, en retrospectiva, pudiera parecer obvio quién era el asesino o el criminal en un caso, nunca era sencillo.

Las teorías requerían motivos suficientes para investigar. Las detenciones debían estar respaldadas por pruebas suficientes para que el sospechoso permaneciera bajo custodia. Lo más difícil era el procesamiento. La mayoría de los fiscales no tocaban un caso a menos que hubiera pruebas irrefutables, incluso si reunirlas significaba un retraso que provocara la puesta en libertad del presunto autor. Incluso entonces, un porcentaje de las condenas se anulaba por tecnicismos.

—¿En qué estás pensando?

—Eres la mejor perfiladora con la que he trabajado, Hanadarko. La mejor. Lo digo con todo mi corazón. Aunque estoy de acuerdo en que debemos dejar de lado nuestra relación personal por el bien del caso, he esperado tres largos años para decírtelo.

Grace me estudió y luego apartó la cabeza para que no pudiera ver su rostro. Cuando volvió a mirarme, su expresión me resultó familiar. Grace estaba en modo perfiladora.

—Así que, niños en acogida.

—¿Qué hay de ellos?

—Al principio, me centré en cómo podía haber tantas personas desaparecidas sin denunciar. —Ella negó con la cabeza—. No querrás saber la cifra anual.

—¿De personas desaparecidas? ¿Te refieres solo a Estados Unidos o en el mundo entero?

Ella entrecerró los ojos.

—En Estados Unidos.

—Más de seiscientos mil.

—¿Y en el mundo?

—Es prácticamente imposible de determinar. Solo en el Reino Unido, el año pasado se abrieron trescientos cincuenta mil casos.

Se cree que cuarenta millones de personas en todo el mundo son víctimas del tráfico de personas. —Por mucho que quisiera estirar la mano y coger la suya, no pude ceder a la tentación. En su lugar, agarré el volante con fuerza—. Has mencionado a los niños en acogida.

—Correcto. Bueno, estaba tratando de entender cómo era posible que tantos casos no se denunciaran. Fugas, distanciamiento familiar, adicción a las drogas, y entonces pensé: niños que cumplen la edad límite para permanecer en acogida. ¿Cuántos jóvenes de dieciocho años están preparados para vivir por su cuenta en el momento en que alcanzan la mayoría de edad?

—Me atrevería a decir que muy pocos.

—Entonces Ares me recordó que Brock Phillips era un niño en acogida.

—Una premisa interesante —dije en voz baja—. Me pregunto qué habrá de Ferrone.

—Yo también. Y Fasano.

—Me sorprendería que lo fuera, pero supongo que no es del todo imposible.

—Cuando dije que necesitaríamos una orden judicial para acceder a esos registros, Ares hizo una llamada.

—¿A Decker Ashford?

—Exacto.

—Si alguien puede conseguir información como esa, es él. —Al fin y al cabo, había encontrado a Grace, aunque con la ayuda de Meemaw.

—No.

—¿No qué? —pregunté, girando la cabeza tan rápido que casi me rompo el cuello para mirarla.

—Sentirte culpable porque Ashford me haya encontrado.

—No me siento culpable.

Grace sonrió.

—Mentiroso.

—Quizá un poco.

—Hay algo que tengo que decirte.

Arqueé una ceja.

—¿Sobre el tema que hemos dejado pendiente?

—Sí.

—Adelante, pero es la última vez que te lo permito.

Ella se rio, pero luego su actitud se volvió seria.

—Me alegro de que me hayas encontrado.

Esta vez, me acerqué. No pude evitarlo.

—Yo también —dije, apretándole los dedos.

DOS CADÁVERES HABÍAN SIDO TRASLADADOS AL CENTRO DE mando, donde tanto el equipo forense como el médico forense habían instalado salas de examen. Dado el gran número de víctimas que habían encontrado los equipos de buceo, era una medida prudente.

—Soy Grace Hunter y él es Emmett Gable —dijo cuando nos reunimos con Ares en la sala donde yacían los cadáveres sobre las mesas.

—Dr. Stanley Lee.

—¿Qué tenemos, Stanley? —preguntó Grace.

—Aún no hay mucho. Los cadáveres no llevan aquí mucho tiempo y todavía estamos esperando el tercero.

—¿Qué mujer fue encontrada en el canal?

El Dr. Lee señaló la mesa del extremo izquierdo y retiró la sábana cuando Grace se acercó.

—Estamos trabajando en las coincidencias de las fotografías encontradas en el apartamento de Ferrone y en el búnker subterráneo —dijo Ares.

No había oído antes que lo llamaran búnker subterráneo anteriormente, pero después de haber estado allí abajo, era una descripción acertada.

—¿Alguna hipótesis sobre la causa de la muerte? —preguntó Grace.

Según mi experiencia, "hipótesis" era la palabra menos favorita de un médico forense.

—Traumatismo por objeto contundente, pero también hay signos de estrangulamiento. —Señaló el cuello y la cabeza de la mujer—. No murió inmediatamente. Si lo hubiera hecho, su cara y su torso no estarían tan hinchados. El edema cesa al morir. Como la hinchazón tarda treinta minutos en completarse, tuvo que estar viva durante ese tiempo. Sin embargo, lo más probable es que estuviera inconsciente.

—¿Cuánto tiempo llevaba en el agua? —pregunté.

Él retiró la sábana un poco más.

—No mucho. No hay cambios cutáneos evidentes en las extremidades.

—¿Puedo hablar con alguno de vosotros? —preguntó Ranger al abrir la puerta.

—Yo voy —se ofreció Ares.

—Habría muerto finalmente por estrangulamiento, sin embargo, el traumatismo en la cabeza... —comenzó el médico forense.

—Es indicativo de un asesino sin experiencia que se asegura de que su víctima está muerta —interrumpió Grace.

Antes de que el hombre pudiera decir nada más, Ares regresó, pero solo por un momento.

—Hay un testigo.

Corrí tras él, al igual que Grace.

—Alguien reportó ver a un hombre en una lancha subiendo el canal antes del amanecer.

—¿Han dado alguna descripción?

—No, pero ha podido anotar el número de matrícula de la embarcación. Hay un equipo dirigiéndose a la dirección donde está registrada.

—No puede estar relacionado. Es demasiado desorganizado —dijo Grace—. Tampoco creo que la mujer encontrada en el contenedor esté relacionada.

Estuve de acuerdo y así se lo dije. Los delitos violentos, en particular los asesinatos, se dividían en tres categorías: organizados, desorganizados y mixtos. Aunque los asesinatos que estábamos investigando podían parecer desorganizados, la forma sistemática en que se habían cometido era todo lo contrario, lo que significaba que habían sido premeditados.

—La mujer encontrada en Moffitt Beach encaja en el *modus operandi* —añadió Grace.

—Sí, es la única de las tres que lo hace.

—Ella —susurró.

—Lo siento. No quería decir...

Ella negó con la cabeza.

—Lo sé, Mayhem.

—Pasará un tiempo antes de que tenga más información —dijo el Dr. Lee.

—¿Puedo ver el otro cadáver? —preguntó Grace.

Él asintió y retiró la sábana que cubría a la mujer, y Grace dio un grito ahogado.

—¿Qué? —pregunté.

—Me resulta familiar. Quizá sea alguien que vi en las fotos.

—Tenemos una coincidencia —dijo Ares, que regresó justo cuando Grace terminaba de hablar.

—¿Para ella? —preguntó ella, señalándola.

—Sí. Se llama Patti Barr. Veinticuatro años. Camarera en el restaurante donde encontraron el cadáver; según el propietario, vivía en Johnstown con su novio, Greg March.

—¿Ya lo han interrogado? —pregunté.

—Negativo. No lo han localizado, pero hay un equipo buscándolo ahora mismo.

—¿Alguna novedad sobre la anterior, Jane Doe? —pregunté.

Él negó con la cabeza.

—Todavía no.

—Tenemos que acelerar la identificación de las personas que aparecen en todas esas fotos —dijo Grace—. Cuanta más información tengamos, más nos dirá sobre cómo están eligiendo a sus víctimas.

—Estoy de acuerdo —dijo Ares.

—Disculpad. —Salí de la habitación en busca de Ranger. Aunque entendía su reticencia a involucrar a su esposa o a los abuelos de esta, los tres habían vivido en la zona toda su vida.

—Tenemos que identificar más fotos —dije, repitiendo las palabras de Grace cuando me acerqué a Ranger y Onyx—. Ha pasado más de un mes desde que se descubrieron las primeras en el apartamento de Ferrone. Dado que acabamos de recibir noticias de una coincidencia con una de las mujeres cuyo cadáver ha sido encontrado hoy, no podemos demorarnos más. —Mis ojos se encontraron con los de Ranger—. ¿Qué hay de Al y Mary Jones?

—Justo estábamos hablando de eso, hijo —dijo Onyx—. Le he pedido al sheriff que nos avise cuando podamos traer al dueño de Vroomen.

—Les he ido dando unas pocas a Al y Mary. Si no, les abruma demasiado. Maisie también las ha revisado, al igual que mi hermano, Jimmy.

—¿Y?

—Hay algunas pistas. Aunque menos del diez por ciento. Sin embargo, al igual que la esquiadora Olímpica Winslow, la mayoría han sido confirmadas como sanas y salvas. Seguimos trabajando para encontrar a tres de las identificadas.

—Eso no es un buen augurio.

—Hemos enviado esas fotos a numerosas agencias para que estén atentas. Decker sigue procesando todas las imágenes. O mejor dicho, volviéndolas a procesar, utilizando diferentes metodologías.

—¿Qué hay de las que creemos que ya han fallecido?

—Esas son más difíciles. En primer lugar, son casi irreconocibles con la X dibujada sobre la imagen. En segundo lugar, hemos decidido que no es prudente que los "civiles" vean esas imágenes.

—¿Qué hay del abogado? Según Swan, conoce a más gente en la zona que nadie.

—Déjame que lo compruebe. He oído que ha sido hospitalizado recientemente —dijo Ranger—. Sin embargo, lo que me preocupa es que acuda a los medios de comunicación. Dudo que su hermano lo haga, lo que lo convierte en un mejor candidato.

—Como he dicho, estamos trabajando con el sheriff para programarlo. Me gustaría que los tres estuvierais presentes cuando venga —dijo Onyx.

—¿Y su mujer? —le pregunté cuando Ranger se alejó para hablar con el sheriff—. Pasaba todos los veranos aquí, ¿no?

—Ella también lo ha pasado mal. Maisie incluso sacó sus anuarios. Blanca y ella los revisaron todos.

—¿Y los demás vecinos? No solo de aquí, sino también de Lake Placid, Tupper Lake y Speculator.

—Admiral está trabajando con Spider y Casper más al norte. ¿Algo más? —preguntó con el ceño fruncido.

—No, señor.

Mientras me alejaba, Grace y Ares salieron de la sala de exploración. Los tres nos sentamos a una mesa y Buster se unió a nosotros.

—Estoy aquí para ayudar en lo que pueda —dijo—. Onyx me pidió que te dijera que soy tu recadero.

—Te lo agradezco —dije antes de volverme hacia Grace y Ares —. Después de hablar con Onyx y Ranger, creo que los esfuerzos de identificación están progresando.

—He recibido noticias de Decker sobre los registros del sistema de acogida —dijo Ares.

—¿Y?

—No ha habido suerte. En el estado de Nueva York, los registros solo se conservan durante seis años después de que se cierre un caso.

—Espera. Así es como Cowboy dijo que pudo identificar a Brock Phillips.

—Las huellas dactilares permanecen en el sistema mucho más tiempo —respondió Ares.

—Las de Ferrone y Fasano deben de haber sido comprobadas. ¿Nada? —pregunté.

—No hay coincidencias con ninguna de ellas, excepto con Fasano antes de que obtuviera la licencia de terapeuta.

—Espera un momento —dijo Buster, abriendo su portátil—. Recuerdo algo sobre una posible coincidencia en un registro eliminado. Creo que Admiral estaba trabajando en una orden judicial para acceder a él. Comprobaré cómo va.

—Mientras él investiga eso, volvamos a los registros de acogida —dijo Grace—. ¿Qué pasa después de seis años? ¿Se archivan los registros? ¿Se eliminan? ¿No hay una base de datos nacional de niños en acogida? Me cuesta creerlo.

—Solía haberla —dijo Ares—. Hace cincuenta y dos años, se dejó de llevar un registro a nivel nacional y se transfirió a los estados individuales.

—¿Y los registros de adopción? —sugirió Grace.

—Decker lo está investigando ahora —respondió Ares.

—NamUS muestra más de cincuenta mil en la base de datos combinada de personas desaparecidas, no identificadas y no reclamadas. Catorce mil de ellas no están identificadas —dijo Grace, mirando su teléfono—. Informan de un total de treinta y seis mil casos resueltos y cuentan con investigadores y equipos forenses en su plantilla.

—¿Dónde tienen su sede? —pregunté.

—En Washington D. C. Son una rama del Departamento de Justicia de los Estados Unidos.

—Me pondré en contacto con Money para ver si hay alguien a quien pueda asignar para trabajar con ellos —se ofreció Doc, que se había acercado con Merrigan mientras Grace recitaba las estadísticas de la organización.

Kellen "Money" McTiernan era el actual director de la Agencia Central de Inteligencia y había trabajado en varias misiones con los socios de K19 Soluciones de Seguridad, tanto cuando aún estaban en la CIA como después de pasar al sector privado.

—Soy Grace Hunter —dijo, tendiendo la mano a Merrigan y luego a Doc.

—Lo siento. Se me olvidó que no os conocíais —dije.

—Quizá sería más fácil si solicitáramos que los investigadores de NamUS vinieran aquí —sugirió Merrigan—. ¿En qué más podemos ayudar?

—Grace tiene una teoría sobre los niños en el sistema de acogida —le ayudé.

—Así es —dijo Grace—. Uno de los sospechosos, Brock Phillips, fue adoptado por sus padres de acogida. Al buscar una conexión entre Patricia Fasano, Craig Ferrone y él, me pregunté si alguno de ellos había estado en el sistema. Por desgracia, los registros no se remontan tan atrás.

Buster se unió a nosotros.

—Admiral ha podido acceder al expediente eliminado que mencioné. —Abrió su portátil y lo colocó sobre la mesa—. He pasado la foto policial del chico por una sencilla aplicación de envejecimiento y esto es lo que he obtenido. —Señaló la pantalla, donde había tres imágenes una al lado de otra. Una era de un chico de catorce años. La de al lado era la imagen envejecida digitalmente. La tercera era de la licencia de conducir de Craig Ferrone. La segunda y la tercera fotos eran casi idénticas.

—También pude echar un vistazo a su expediente. Fue arrestado por incendiar la casa de sus padres adoptivos. También mató a tres de sus gatos, dos cobayas y un conejo mascota.

—Dos de tres en la tríada de asesinos en serie —dijo Grace, frotándose las sienes—. Incendios provocados, crueldad con los animales y enuresis, es decir, mojar la cama. La premisa es que, si un menor muestra estos tres patrones de comportamiento, hay más probabilidades de que tenga un comportamiento violento cuando sea adulto.

—Además, dos de los tres sospechosos que conocemos estaban en el sistema de acogida —dijo Ares.

—¿Todo bien? —pregunté inclinándome hacia ella al ver que Grace hacía un gesto de dolor.

—Me duele la cabeza —susurró.

—Dado que aún no ha llegado el cuerpo de la tercera víctima, me gustaría sugerir que los tres consideremos volver a la cabaña, a menos que alguien tenga alguna objeción.

—Estoy de acuerdo —dijo Ares.

Grace asintió.

—Si no hay nada más que podamos hacer aquí.

—Yo le diré a Onyx que nos vamos —se ofreció Ares.

—¿Te importaría mucho si nos vemos por la mañana? —le pregunté a Merrigan.

—Por supuesto que no —respondió ella, dándome un beso en la mejilla antes de alejarse con Doc.

16

HANADARKO

La migraña que se había estado acumulando durante la última hora estaba empeorando, en parte debido al ruido en el centro de mando. Sin embargo, el ruido dentro de mi cabeza era igual de fuerte. Me llegaba demasiada información desde todas las direcciones como para poder procesarla eficazmente.

Además, estaba oxidada. Había sido una de las perfiladoras más jóvenes de la historia del FBI y había dimitido. Llevaba "retirdada" el mismo tiempo que había trabajado para ellos. Aunque Mayhem y el resto del equipo K19 creían que era una buena perfiladora, yo no estaba segura de tener lo necesario para demostrarlo.

—¿Cómo de mal estás? —preguntó Mayhem mientras guardaba su portátil en la bolsa y se acercaba para hacer lo mismo con el mío.

Negué con la cabeza.

—Es una migraña, y puedo coger mi ordenador.

—Ya lo he hecho —dijo, metiéndolo en mi bolsa—. ¿Cuándo has comido por última vez?

Con el dolor de cabeza que tenía, incluso intentar averiguarlo era todo un reto.

—¿Esta mañana? ¿Quizás anoche?

—Como sospechaba. Cuando lleguemos al campamento, le diré a Ares que vuelva a la tienda Canada Lake y compre comida para esta noche y mañana.

—De hecho, me gustaría parar allí.

—¿Para?

—La tienda es el centro de actividad del lago. Dado que los equipos de buceo parten desde sus muelles, deben estar al tanto de lo que está sucediendo, aunque no sepan exactamente por qué. ¿Alguien ha preguntado a los propietarios?

—Son nuevos —dijo Ranger, que había oído mi pregunta—. Compraron el local hace unos dos meses.

—¿Y los anteriores propietarios?

—Diesel y yo hablamos con ellos antes de que se jubilaran y se mudaran a Florida, como mis padres.

—¿Los conoces bien? —pregunté.

—Sí, Frank e Irma. Gente muy sencilla.

—¿Serían buenos candidatos para ver si reconocen a alguien en las fotos encontradas?

—Justo estaba hablando de eso con Onyx. Frank e Irma no viven muy lejos de mis padres. Puedo ir hasta allí si crees que puede ser útil.

—Quizá. Lo hablaremos, pero por ahora, yo diría que esperemos —le dijo Mayhem.

Asentí con la cabeza cuando me miró para ver si estaba de acuerdo.

—¿Cuál es el veredicto? ¿Paramos en la tienda del lago o vamos directamente al campamento? —preguntó Mayhem cuando Ares regresó.

—Quizá me sienta mejor si como algo cuanto antes.

—Pongámonos en marcha, entonces.

Cuando llegamos, Mayhem abrió una bolsa de patatillas de maíz que sabía que me gustaban y me la dio.

—Para que empieces —dijo guiñándome un ojo. Sacó una botella pequeña de zumo de naranja de la nevera y también me la dio—. Para subirte el azúcar.

Lo observé. Me había cuidado tantas veces en el pasado que lo daba por sentado. Incluso diría que había momentos en los que lo resentía y le decía que podía cuidar de mí misma. Pero, ¿qué había de malo en aceptar la amabilidad y el cuidado de alguien cercano? No me hacía menos autosuficiente ni independiente.

—Gracias —dije, poniendo mi mano sobre su brazo.

—De nada. —Sus ojos se posaron en los míos el tiempo suficiente para que supiera que quería decir algo más, pero no lo hizo. Acordar mutuamente dejar de lado nuestra relación personal era lo adecuado, pero también era difícil. Decir que podíamos ignorar el pasado por el momento era una cosa. Ser capaces de hacerlo era otra muy distinta.

Ares apareció por la esquina de otro pasillo, con dos cestas de la compra llenas hasta los topes.

—Voy a pedir un sándwich. ¿Queréis uno?

—Están buenísimos —dijo Mayhem—. Los he probado todos y están igual de buenos.

Seguí a Ares hasta el mostrador de la charcutería y estudié el menú. Todos parecían tan buenos como el anterior.

—No puedo decidirme.

Mayhem se acercó por detrás.

—Pide al menos uno de cada. Mejor dos. No se van a quedar sin comer.

CUANDO REGRESAMOS AL CAMPAMENTO, MI DOLOR DE CABEZA ya había remitido. Y, aunque el zumo de naranja ayudó, la lata de refresco con cafeína que me tomé probablemente ayudó más.

Mayhem abrió la puerta y me la mantuvo abierta para que entrara. Millie saltó hacia mí, casi tirándome al suelo.

—Hola, pequeña —le dije, arrodillándome para acariciarla.

—Yo la saco —se ofreció Mayhem, que ya tenía su correa en la mano.

—Eh, genial. Gracias.

—Mientras él hace eso, ¿quieres que le prepare la cena? —preguntó Ares. Le daba la espalda a Mayhem, así que, aunque yo podía ver su ceño fruncido al salir, Ares no podía.

—Gracias, pero... eh, puedo hacerlo mientras tú colocas la compra.

—Pongámonos a trabajar —sugerí después de que los tres, y Millie, termináramos de comer. Me levanté para añadir las notas que había fotografiado de la pizarra de casa a una de las que Mayhem había traído, mientras él y Ares preparaban sus portátiles.

En otra pizarra, escribí: "Por qué + Cómo = Quién". Era el principio fundamental del perfilado. En una investigación normal, entender el *por qué* a menudo venía del *cómo*. Sin embargo, como perfiladora, empezar por el *por qué* nos llevaba al *quién* mucho más rápido.

Debajo, escribí "Tríada del Asesino en Serie", seguido de las tres cosas que había mencionado en el centro de mando. Luego dibujé tres líneas verticales y, en la primera columna, comencé una lista de los por qué.

—Sed de poder —dijo Mayhem después de que yo escribiera, "profundos sentimientos de insuficiencia".

—Manipulación combinada con dominación y control. —Añadí los tres a la pizarra.

—La falta de vínculos afectivos conduce a la disociación —dijo Mayhem.

—Lo cual suele ocurrir con los niños que están en acogida, especialmente desde una edad temprana —coincidí.

—Necesidad anormal de gratificación psicológica —dijo Mayhem.

A continuación, escribí: "Instintos primarios no moderados intelectualmente".

—Abuso físico o sexual.

—Disfunción familiar —añadí.

—Padres emocionalmente distantes o ausentes.

—Otros traumas infantiles.

A medida que nuestra charla se intensificaba, Ares movía la cabeza de Mayhem a mí, como si estuviera viendo un partido de tenis.

—Falta de empatía. —Tracé una línea hasta el lugar donde había escrito "disociación".

—Necesidad de emociones fuertes. Aburrimiento —continuó Mayhem.

—Rabia incontrolable.

—¿Qué hay de Fasano? —preguntó Ares, que por fin pudo intervenir—. De los tres confirmados como asesinos, o al menos secuestradores, ella es la única mujer.

—La necesidad de control es primordial —respondió Mayhem.

—Al igual que la perversión de los roles de género. Las mujeres están estereotipadas como cuidadoras y nutridoras —añadí.

—El caso más conocido es el de la mujer cuya matanza inspiró una película. Por lo que recuerdo, su principal motivación era la rabia —dijo Mayhem.

—¿Cuál es la proporción reportada? —preguntó Ares—. ¿Una de cada cinco?

—Más o menos —dije, leyendo lo que había en la pizarra—. ¿Estamos listos para pasar al cómo? Siempre podemos volver al por qué.

Ambos hombres asintieron.

—Antes de empezar, ¿alguno de vosotros puede enviar un mensaje a Buster y preguntarle si alguna de las víctimas que está examinando el forense muestra signos de agresión sexual?

Mayhem escribió algo en su teléfono.

—Ninguna —respondió tras unos segundos—. Sin embargo, el médico dice que hay una salvedad*.

—¿Cuál? —pregunté.

—No estoy seguro.

Me acerqué a la pizarra de víctimas y añadí las tres más recientes: Patti Barr, Jane Doe número dos y Jane Doe número tres.

—¿Qué detalles adicionales tenemos sobre Jane Doe número uno? —pregunté.

—La causa de la muerte fue deshidratación e inanición, pero había signos de abuso físico —dijo Mayhem, mirando su ordenador portátil—. No hay agresión sexual —añadió antes de que pudiera preguntar.

—Todo eso concuerda con el lugar y el momento en que se encontró el cuerpo —dijo Ares, leyendo la pantalla—. También con lo que Wasp oyó decir a Phillips: "Si le mato, ¿puedo quedarme con ella?" Y luego: "Sí, señor. Está viva. Me prometió que podría quedarme con la siguiente, señor. Me toca a mí".

—Si le dieron "permiso" para quedarse con ella, suponiendo que se refiriera a sexualmente, se suicidó antes de tener la oportunidad de actuar.

Estuve de acuerdo.

—¿Qué hay del patrón de los rescates? No hubo más demandas después de Janine, ¿correcto?

—Creo que sí, pero lo confirmaré con Ranger —ofreció Ares.

—Si es así, los rescates eran un medio para financiar su empresa —sugirió Mayhem.

---

* Razonamiento o advertencia que se emplea como excusa, descargo, limitación o cortapisa de lo que se va a decir o hacer.

—Además, después de Janine, el asesino o los asesinos podrían haber sido conscientes de que las fuerzas del orden estaban intensificando sus esfuerzos. En ese caso, podrían haber supuesto que los rescates adicionales serían rastreados.

Los tres teléfonos móviles sonaron al mismo tiempo. Como Mayhem y Ares cogieron los suyos, no me molesté en acercarme a coger el mío.

—Fasano fue adoptada —dijo Mayhem primero, mirándome con los ojos muy abiertos.

—No sabemos si estuvo en un hogar de acogida antes, pero siguen investigando. —Ares estudió su pantalla—. Buster también dice que había una carta de los padres en el expediente de adopción en la que decían que estaban reconsiderando su decisión.

—¿Decía por qué? —pregunté.

Ares escribió lo que supuse que era mi pregunta en su teléfono. Después de unos segundos, dijo:

—Problemas de comportamiento. No hay detalles específicos.

Me acerqué a otra pizarra y dibujé tres columnas. En la parte superior, puse los nombres de los tres sospechosos que conocíamos. Debajo, escribí lo que sabíamos de cada uno.

—Me gustaría hablar de los asesinos en serie que trabajan en equipo o en grupo.

—Aunque hay varios casos estudiados, las conclusiones son similares, dado el pequeño porcentaje de asesinos en serie que no actúan solos.

Mayhem continuó diciendo que aproximadamente dos tercios de los casos incluidos en los estudios eran equipos de dos personas, un alto porcentaje de los cuales eran un hombre y una mujer. El otro tercio estaba compuesto por familias extensas y grupos sociales organizados o ceremoniales, como la familia Manson.

—Me alegro de que lo menciones. Tanto Phillips como Fasano fueron oídos hablando con alguien a quien consideraban una autoridad. En ambos relatos se mencionaba que pidieron permiso. —

Me acerqué a una cuarta pizarra—. Me gustaría hablar de Manson. Que yo sepa, no hay pruebas de que matara a nadie.

—Correcto. Se le describió como el cerebro de los asesinatos cometidos por su familia. Según los informes de la época y posteriores, Manson no estaba presente cuando se produjeron los asesinatos —dijo Ares.

—¿Cómo consiguió que los "miembros de su familia" lo hicieran?

—Se dice que, aunque solo medía un metro cincuenta y ocho y era muy delgado, desarrolló una autoridad carismática, casi bíblica, sobre sus seguidores —dijo Ares.

—Una versión que leí decía que les predicaba en la ladera de una montaña —añadió Mayhem.

—Vale. Ese era el método que empleaba. *¿Por qué* le seguían y hacían lo que él les ordenaba?

—Les hizo creer que era como ellos. Inadaptados sociales, perdidos, rechazados. Les dio una familia.

—Exacto —dije, mirando a Mayhem a los ojos. Estábamos en el buen camino—. La conexión entre los tres es el sistema de acogida y/o la adopción. —Golpeé la pizarra con el rotulador—. Se sentían intrínsecamente inadaptados, perdidos y no deseados. Anhelaban una familia.

Mayhem se levantó y leyó en su portátil.

—Manson tuvo una infancia similar a la de nuestros tres sospechosos, ya que finalmente acabó en un hogar para menores. No era el sistema de acogida propiamente dicho, pero se le parecía bastante. Su madre era una prostituta de dieciséis años. Primero fue criado por una tía y un tío que, según se dice, le maltrataban psicológicamente hasta el punto del sadismo. Fueron ellos quienes le internaron en el hogar colectivo. Cuando llegó a los treinta años, había entrado y salido de la cárcel varias veces y, al parecer, había sido agredido sexualmente por orientadores y guardias, además de por otros reclusos. Aprendió que los débiles eran personas que se podían utilizar.

—Se aprovechaba de sus debilidades —murmuré, buscando en mis notas. Cuando encontré lo que buscaba, se lo leí a Mayhem y Ares—. Cuando estaba cautiva, Davies citó a Fasano diciendo: "Me prometió que no tendría que volver a hacerlo. *Una*. Eso era todo. Lo demostré, joder". Ella *demostró* su valía. Matar a alguien era una prueba.

—¿Para ser aceptada? —dijo Ares más que preguntar.

—Quizá para ascender de rango —sugirió Mayhem.

—Y Phillips dijo: "Si le mato, ¿puedo quedarme con ella?" Él también estaba demostrando su valía.

Mayhem se sentó y se llevó las manos a la cabeza.

—¿A quién? —gimió.

—A alguien que creían que estaba en una posición de autoridad —dije.

—Alguien a quien temían o respetaban, o ambas cosas —añadió Mayhem.

—Si hacían lo que él les ordenaba, no serían condenados al ostracismo*.

—Si no hacían lo que se les ordenaba, tal vez ellos mismos habrían sido asesinados.

—Que es lo que acabó pasando. Es el esquema Ponzi de los asesinos en serie. Cultivar a alguien nuevo para traerlo y acabar con los discípulos anteriores que se estaban desilusionando —dije.

—O, como Fasano, que no estaban dispuestos a volver a matar. —Mayhem terminó mi pensamiento.

Miré a Ares.

—Lo siento, no te estamos dejando decir nada.

—No pasa nada. Os sigo el hilo. Me recuerdas a Verónica. Los dos. Ella habría estado totalmente metida en esto.

—Gracias. Me halagas —dije, mirando a Mayhem—. ¿Qué? —articulé con los labios mientras él me estudiaba.

---

* Práctica o comportamiento de exclusión, aislamiento o marginación de un individuo por parte de un grupo social

—Te lo dije.

—¿Alguien más tiene hambre? —pregunté, entrando en la cocina sin esperar a que ninguno de los dos respondiera. Millie, que había estado dormida a los pies de Mayhem, me siguió.

—No parecía molesta por Ranger —dijo Mayhem, que me había seguido como mi perra. Se agachó para rascarle las orejas.

—Estaba en el aeródromo.

Se agachó más y Millie le lamió la mejilla.

—No tiene lealtad —murmuré mientras sacaba uno de los sándwiches de la nevera.

—Me quiere. —Mayhem me miró—. Y yo la quiero.

—No estás siguiendo las reglas.

—Nunca dijiste que Milagro y yo tuviéramos que dejar en suspenso nuestra relación personal. No me parece justo. Al menos para ella.

Puse los ojos en blanco y le di un mordisco al sándwich.

—Dios mío, qué bueno está.

—¿Cuál es ese? —preguntó Mayhem.

—El que lleva carne asada.

—Ah, el Canada Laker. Mi favorito.

—¿Quieres compartirlo?

Se levantó, se lavó las manos y puso la otra mitad del sándwich en un plato.

—Me sentí bien allí. Como en los viejos tiempos.

—Sí. Antes me preocupaba haber perdido la práctica.

Mayhem frunció los ojos.

—Eso es ridículo. Tienes mente de perfiladora. Es innato, como montar en bicicleta.

Me reí.

—Montar en bicicleta no es innato. Hay que aprender a hacerlo y, si pasas mucho tiempo sin practicar, te oxida.

—Mentira. La razón por la que existe la expresión "es como montar en bicicleta" es porque es innato.

—No, no, no. —Negué con la cabeza.

—¿Qué? —preguntó Ares, que se había unido a nosotros.

—He dicho que montar en bicicleta es innato. Grace dice que no.

Ares miró de Mayhem a mí.

—Ella tiene razón. Nadie nace sabiendo montar en bicicleta. Hay que aprenderlo.

Le saqué la lengua a Mayhem.

—Déjame ponerlo en contexto. Hanadarko dice que temía estar demasiado oxidada para hacer un buen trabajo en este caso. Yo le he dicho que tiene mente de perfiladora, que es algo innato.

—Dicho así, estoy de acuerdo.

Mayhem me sacó la lengua.

—Estáis hechos el uno para el otro —murmuró Ares mientras salía de la habitación.

—Tiene razón, ¿sabes? —Cuando Mayhem se acercó a mí, sucumbí—. Me encanta abrazarte —dijo, rodeándome con sus brazos.

Apoyé la cabeza en su pecho.

—No deberíamos hacer esto.

—Podemos hacerlo. Solo que no podemos hablar de ello.

Grité cuando se agachó y me apretó la nalga. Millie ladró, pero movió la cola.

—Acaba de decir que tengo razón. —Los labios de Mayhem estaban tan cerca de mi oído que podía sentir el calor de su aliento cuando hablaba.

Odiaba lo mucho que no quería soltarlo. En cambio, quería decirle a Ares que habíamos decidido dar por terminada la noche, llevar a Mayhem al dormitorio y pasar las siguientes dos horas follando como solíamos hacer. Alargué la mano y le apreté el culo como él había hecho conmigo.

—Dios, quiero besarte.

Negué con la cabeza y me aparté de sus brazos.

—Tss, tss, tss. Has roto las reglas. Eso es hablar de ello.

Y lo último que quería hacer ahora era hablar. Quería que

Mayhem me levantara, me echara sobre sus hombros y me llevara al dormitorio.

—Creo que deberíamos dar por terminada la noche.

—Mayhem...

—Ha sido un día largo y hemos logrado mucho. Podemos empezar de nuevo por la mañana.

Aunque estaba de acuerdo con su sugerencia de dar por terminada la discusión por esa noche, ¿cómo íbamos a pasar de la conversación que estábamos teniendo a decir buenas noches y retirarnos a nuestros respectivos dormitorios?

—Comer me ha dado un segundo aliento. ¿Qué tal si seguimos una hora más y luego nos vamos a dormir?

Mayhem gruñó, pero me siguió a la otra habitación. Ares estaba de pie junto a la pizarra con los nombres de los tres sospechosos escritos en ella.

—¿Quieres relevarme? —le pregunté.

—Claro, así podrás terminar de comer.

—No tiene ningún problema en hablar con la boca llena. Bendito sea el pobre diablo que haga lo mismo en su presencia.

—Eso no es cierto. Yo no hablo con la boca llena —dije mientras daba un mordisco, mostrando a Mayhem mi sándwich parcialmente masticado con cada palabra que pronunciaba.

Él negó con la cabeza y se rio.

—Solo tú —dijo en voz baja, pero seguía sonriendo.

—Entonces, ¿qué más tienen en común estos tres? —pregunté después de tragar—. ¿Qué edades tienen?

—Fasano tenía treinta años. Phillips y Ferrone tenían treinta y uno. Solo Fasano fue a la universidad. Sin embargo, no hay pruebas de que se graduara en la Universidad de Nueva York, como afirma su expediente laboral en el Johnstown Memorial —respondió Mayhem mientras Ares anotaba los detalles en la pizarra.

—¿Qué más?

—Los tres vivían en el Parque Adirondack —dijo Ares.

—¿En serio? ¿Podemos averiguar si nacieron aquí? ¿O si vivieron aquí cuando eran niños?

Mayhem buscó algo en uno de los informes.

—Brock tenía tres años cuando fue adoptado por los Phillips.

—¿Y los registros escolares? ¿Fasano o Ferrone asistieron a la escuela aquí?

—Le diré a Buster que lo averigüe —dijo Ares, enviándole un mensaje de texto. Tras unos segundos, leyó la respuesta—. Pregunta si necesitamos esa información ahora o si puede esperar hasta mañana.

Había perdido completamente la noción del tiempo.

—¿Qué hora es? —pregunté.

—Son casi las veintitrés cero cero —respondió Mayhem antes de que pudiera mirar.

17

MAYHEM

—¿**Q**ueréis dejarlo por hoy? —preguntó Grace mirando de mí a Ares.

—Estoy agotado. Si quieres seguir, necesitaré café —respondió él.

Grace me miró y yo asentí con la cabeza, tapándome la boca al bostezar.

—Yo también estoy agotado.

—Vamos, Mil —dijo ella, llevándose el plato a la cocina.

—¿Qué habitación me quedo? —preguntó Ares, llevando su bolsa hacia el pasillo.

—La que prefieras. He recogido mis cosas esta mañana, pensando que me iba a mudar.

—¿Cuál es la más grande? —preguntó.

—La que está al final.

—Quedaos vosotros dos con esa y yo me quedaré con una de las más pequeñas —dijo al mismo tiempo que Grace salía de la cocina.

—Espera. ¿Qué?

—Buenas noches —dijo Ares antes de entrar en el primer dormitorio y cerrar la puerta.

—Ya has oído al hombre. Tú y yo nos quedamos en la habitación del fondo del pasillo.

Esperaba que Grace discutiera o, al menos, me regañara. No hizo nada de eso.

—Vamos, Mil —repitió.

—Yo la saco —me ofrecí cuando la perra de Grace miró hacia la puerta principal y gimió.

—Yo puedo hacerlo.

Ya tenía su correa en la mano.

—Tú acomódate.

Abrí la puerta y seguí a Millie al exterior.

—¿Qué crees que hará? —le pregunté a la perra, que estaba olfateando los arbustos. ¿Llevaría Grace sus cosas al dormitorio más grande? Si era así, ¿me invitaría a unirme a ella o debería ir directamente a la habitación vacía?

Metí a Millie en casa, cogí mi bolsa, que todavía estaba cerca de la puerta principal, y caminé por el pasillo. A mitad de camino, pude oír a Grace roncando.

—Así que me lo deja a mí —susurré.

Abrí la puerta con cuidado y, cuando le quité la correa a Millie, se dirigió directamente a la cama para perros que Grace debía de haber traído de casa.

Como había dejado la luz de la mesilla encendida, me detuve y la apagué. Grace siempre dormía desnuda y, aunque solo podía ver sus hombros desnudos asomando por debajo de las sábanas, sabía que esa noche no sería diferente.

Me quité la ropa, apagué la luz y me metí en la cama a su lado. Grace abrió los ojos.

—Si quieres que me vaya...

Me agarró la mano y se giró hacia un lado, de modo que su espalda desnuda quedaba frente a mi pecho desnudo. Esa había sido siempre la postura favorita de Grace para dormir.

—Buenas noches —susurró.

· · ·

Cuando me desperté, la luz del sol entraba por la ventana. El cuerpo de Grace descansaba medio sobre mí, con una de sus piernas entre las mías. Habíamos empezado la mañana en esa misma postura innumerables veces.

Tenía las piernas lo suficientemente abiertas como para que pudiera meter un dedo entre ellas y despertarla a medio camino del orgasmo. Aunque la parte de mi anatomía entre mis piernas estaba totalmente de acuerdo con ese plan, mi cerebro pensó que era mejor no hacerlo.

—¿Dónde vas? —preguntó Grace, agarrándome la muñeca después de que yo me apartara de ella y me sentara con las piernas fuera de la cama.

—Al baño —le susurré, inclinándome hacia atrás para besarle la frente—. Vuelve a dormir, cariño.

Ella gimió y hundió la cara en la almohada, sin duda ya dormida. Me puse unos pantalones y abrí la puerta del pasillo. Olía a café recién hecho y miré la hora. Eran las nueve y media. Aunque Grace no era madrugadora, yo nunca dormía más allá de las ocho.

Después de ocuparme de mis asuntos matutinos, abrí la puerta del dormitorio, cogí una camisa e hice un gesto a Mil para que me siguiera.

—Perdona por empezar tan tarde —dije cuando vi a Ares en la cocina, apoyado en la encimera—. Debía de estar más cansado de lo que pensaba.

—No te preocupes —respondió—. ¿Quieres una taza?

—Yo soy más de té. Me tomaré uno después de sacar a la perra.

Volví rápidamente al interior, maldiciéndome por no haberme puesto los zapatos y, al mismo tiempo, agradecido de que Millie hubiera sido tan rápida. Encontré a Ares estudiando las pizarras.

—Anoche avanzamos mucho —dijo, mirando por encima del hombro.

—Hoy nos centraremos en el por qué y el cómo de la persona que creemos que es la mente maestra —predije.

—Hacéis un buen equipo.

—Sí, siempre lo hemos hecho.

—¿Por qué lo dejó? —preguntó en voz baja.

Negué con la cabeza.

—Esa es una historia para otro momento, y solo si Hanadarko decide contarla.

—Recibido —dijo Ares, sin apartar la vista de la pizarra—. ¿Qué tipo de persona considerarían estos tres que está en una posición de autoridad?

—La respuesta más fácil sería un profesor, excepto que Phillips no terminó el instituto.

—Parecía que había alguna duda sobre si Fasano se graduó de la universidad.

—Más de donde se graduó. Diesel Jacks fue incapaz de localizarla en los registros de exalumnos.

—Podría ser un error.

—Sí —dije, medio escuchando por si Grace se despertaba—. Podría ser.

—Si no vamos a empezar enseguida, saldré a correr. Es donde mejor pienso.

—Deberías hacerlo. Sin duda.

—Envíame un mensaje si no he vuelto cuando estéis listos para empezar.

Después de que él cerrara y bloqueara la puerta, serví una taza de café y me dirigí al dormitorio. Millie estaba estirada junto a Grace, que estaba despierta y acariciándola.

—Buenos días —dije, ofreciéndole el café—. Te traigo cafeína.

—Dios te bendiga —dijo ella, extendiendo la mano para cogerlo.

—Ares se ha ido a correr.

—Ese hombre es literalmente un dios griego.

—Hmm. Se apellida Kappas. Supongo que tienes razón.

Ella levantó una ceja.

—¿No te sientes amenazado por su sobrenaturalidad?

—Si recuerdo correctamente, fui yo quien se despertó contigo encima de mí.

Ella tiró de la sábana al incorporarse.

—¿Te molestó? Dormir conmigo, quiero decir.

Me estiré a su lado en la cama cuando Millie saltó.

—Me encantaría dormir contigo todas las noches durante el resto de mi vida.

—Mayhem...

La miré y negué con la cabeza.

—Si no recuerdo mal, compartir sábanas desnudos anula nuestro acuerdo anterior.

—No recuerdo que eso estuviera en el contrato.

—Deberías haber leído la letra pequeña —bromeé.

—He tenido una pesadilla anoche o esta mañana.

—¿Quieres contármela? —le pregunté.

—Soñé que Charles Manson estaba sentado en una roca gigante junto al lago y había un montón de gente con aspecto de zombis en el agua, escuchando sus órdenes de salir y asesinar a los habitantes del parque.

—Tu sueño puede que no esté muy lejos de la realidad. Sea quien sea la mente maestra, lo consideraría del mismo nivel de maldad, si no peor.

—Es difícil ser peor que Manson —murmuró Grace.

—¿Hitler? ¿Stalin? ¿Pol Pot? ¿Vlad el Empalador?

Ella ladeó la cabeza.

—¿Vlad el Empalador?

—También conocido como Vlad Tepes.

—No lo conozco.

Negué con la cabeza.

—Y te llamas a ti misma perfiladora.

—¿Qué hizo?

—Horrores innombrables.

Se deslizó a mi lado y apoyó la cabeza en la almohada.

—Mejor no me lo digas. Soñaré con él esta noche.

—Deberíamos pensar en ponernos a trabajar.

—Pensémoslo unos minutos más.

—Nunca has sido madrugadora.

—Tú sí. —Me guiñó un ojo y me eché a reír.

—Ahora, ¿quién está rompiendo los términos de nuestro acuerdo? Estoy seguro de que cierto coqueteo sugestivo no estaba permitido.

—Te estás inventando las reglas sobre la marcha.

—Tú también —le recordé.

—He estado pensando.

—¿Sobre qué?

—Si lo que dice el equipo forense es cierto, alguien ha estado cometiendo asesinatos impunemente durante medio siglo.

—No sería el primero. McDowell estuvo casi el mismo tiempo. —Me refería al último caso en el que habíamos trabajado juntos. El hombre finalmente había sido capturado y procesado, y estaba en prisión tras aceptar un acuerdo judicial por varias cadenas perpetuas consecutivas a cambio de evitar la pena de muerte.

—McDowell actuó solo.

—Y consiguió matar a noventa y tres personas en treinta y cinco años.

Grace sacudió la cabeza.

—Aunque solo se confirmaron sesenta, no importa. No deberían haberle permitido seguir respirando.

—Es probable que no le quede mucho. Tiene casi ochenta años.

Grace se levantó de la cama.

—Ares se ha ido, ¿verdad?

—Sí —dije, contemplando su desnudez mientras pasaba junto a mí y se adentraba en el pasillo.

Varios minutos después, entró corriendo en la habitación con una toalla envuelta alrededor del cuerpo.

—Ha vuelto.

Entrecerré los ojos.

—¿Te ha visto?

Ella puso los ojos en blanco y dejó caer la toalla.

—Vamos, levántate. Tenemos trabajo que hacer.

Le tendí la mano.

—Estás magnífica.

—Si recuerdo bien, tú también.

—¿Qué es todo eso? —pregunté, fijándome en tres grandes bolsas de la compra que no había visto la noche anterior.

—Paramos de camino desde el aeródromo para que pudiera comprar ropa adecuada para el clima de aquí.

Sonreí, me levanté de la cama y me puse un par de calcetines.

Grace observaba mientras se vestía.

—Meemaw solía decir: "Pies fríos, corazón caliente".

—O demasiado tonto para pensar que no es buena idea salir descalzo al aire libre en las montañas.

—Si Jane Doe número tres ha llegado al centro de mando, me gustaría ir allí.

Yo también quería ir y así se lo dije.

HABÍA MUCHO AJETREO Y EL VOLUMEN DEL RUIDO ERA ALTO cuando entramos. Después de saludar a los que nos cruzamos, Grace y yo fuimos directamente a la sala de exploración mientras Ares hablaba con Onyx y Ranger.

—Hola —dijo el Dr. Lee cuando entramos—. Tengo más información para ustedes de la que tenía ayer.

—Estoy ansiosa por saber qué es —respondió Grace.

El forense se acercó a la mesa del extremo izquierdo.

—He determinado que la fecha y la hora de la muerte fue hace dos días, a las veintitrés cero cero.

—¿Hay alguna novedad sobre la localización de la lancha o de la persona a cuyo nombre estaba registrada? —pregunté, pensando en voz alta más que esperando que él lo supiera.

—No tengo ni idea —respondió el médico—. No es mi ámbito.

—Correcto. Lo siento. —En lugar de irme a preguntar, envié un mensaje a Ares.

—La causa de la muerte de la víctima de Moffitt Beach fue una herida de bala. Estilo ejecución.

—Eso es inusual —dije.

—No es lo que están encontrando los equipos forenses —dijo el Dr. Lee.

Como no había recibido ningún informe actualizado, esa afirmación me sorprendió igualmente.

—Aunque es evidente que un mayor porcentaje de los restos que se cree que son de hombres han sido asesinados por disparos, hay algunos casos entre los que se cree que son de mujeres.

—No he visto ningún informe que contenga *ninguna* estadística —dijo Grace.

—Los hallazgos son preliminares.

—Si esos hallazgos se están compartiendo con usted, deberían estar disponibles para el equipo de investigadores —dije.

—Tendrá que hablar con el Dr. Moore. Yo solo actúo como consultor si los restos son únicamente esqueléticos.

—¿Está disponible el Dr. Moore ahora? —pregunté, cada vez más irritado.

—No puedo responder a eso.

—¿Qué más puede decirnos sobre estas tres víctimas? —preguntó Grace.

—La causa de la muerte de nuestra segunda víctima fue un traumatismo por objeto contundente. Dado el lugar donde se encontraron los restos, es probable que el asesino no tuviera tiempo de estrangularla por miedo a ser descubierto. Además, el contenedor estaba demasiado cerca del restaurante como para que el agresor se arriesgara a utilizar un arma de fuego.

—¿Y hay indicios de agresión sexual? —pregunté, anotando en un bloc los detalles que me había dado hasta el momento.

—Hay indicios de que la víctima mantuvo relaciones sexuales antes de morir. Sin embargo, la ausencia de lesiones, tanto vaginales como anales, indica que no fue violada.

—¿Y la víctima encontrada en Moffitt Beach? —preguntó Grace.

—Sí. Hay indicios de agresión sexual. Estoy analizando muestras de semen para obtener el ADN.

—¿De ambas? —Grace abrió mucho los ojos cuando el médico asintió—. Eso es muy importante —añadió, volviéndose hacia mí.

—Además, antes de recibir los disparos, fue golpeada con bastante dureza. Hay indicios de varias fracturas óseas, así como marcas de quemaduras.

—¿De qué?

—Cigarrillos.

—¿No leí que Winslow dijo que Ferrone fumaba? —preguntó ella.

—Afirmativo —respondí.

Ella se volvió hacia el médico.

—¿Fecha y hora de la muerte?

—Yo diría que hace más de una semana. Me llevará más tiempo determinar la hora exacta.

—¿Algo más que pueda decirnos ahora? —preguntó ella.

—Por el momento, no.

Cuando Grace y yo salimos de la sala de exploración, Ares se acercó a nosotros.

—Dos novedades. Han traído al novio de Barr para interrogarlo, pero tiene coartada. Estaba en una despedida de soltero en Atlantic City. Se marchó hace tres días y acaba de regresar esta mañana.

Mis ojos se encontraron con los de Grace. Ella arqueó una ceja.

—¿Qué? —preguntó Ares.

—El forense dijo que Patti había mantenido relaciones sexuales poco antes de morir, pero no cree que fuera una violación —le dije.

—Has dicho que tenías una segunda novedad —le recordó Grace.

—La lancha vista en el canal de Caroga Lake está registrada a nombre de Steve y Marcy Young, quienes denunciaron la desaparición de su hija, Olivia, hoy mismo. La última vez que la vio un vecino fue hace dos días, a las ocho cero cero, cuando salía por la puerta principal con su perro. Al igual que los padres de las otras tres víctimas, sus padres estaban fuera de la ciudad.

—¿Cuándo han vuelto?

—Esta mañana. Wasp y Swan están hablando con ellos ahora mismo. —Ares levantó su teléfono—. Han enviado fotos recientes.

—Veamos si podemos confirmar su identidad —dije.

—Entendido —dijo Ares, entrando en la sala de exploración.

—El asesino utilizó la propia lancha de la víctima para deshacerse del cadáver —dijo Grace, frotándose la sien derecha.

—Si no hay nada más que hacer aquí, volvamos a la cabaña —sugerí—. Podemos pedirle a Buster que nos mantenga informados.

—Tenemos que detenerlos antes de que vuelvan a actuar —dijo ella—. Para ello, tenemos que determinar sus patrones. Hay algo obvio que se nos está escapando.

Me pregunté si deberíamos informar a Grace y Ares sobre lo que se había descubierto en el bloc de notas encontrado en el búnker subterráneo, así como sobre la teoría de Cowboy acerca de Clinton Arnst, el propietario de Vroomen.

—Es ella —dijo Ares, saliendo de la sala de exploración.

Ranger se acercó con Buster.

—Traigamos a los Young para confirmarlo.

—Entendido —dijo Buster, alejándose.

—Hemos programado una cita con Clinton Arnst para revisar las fotos —dijo Ranger—. Hoy a las catorce cero cero.

Teníamos poco menos de cuatro horas.

—¿En la oficina del sheriff?

—Afirmativo. Planifica llegar diez minutos después de la hora de inicio, a menos que te diga lo contrario.

—Entendido. ¿Podemos hablar? —pregunté.

—Claro. —Ranger me llevó al otro lado de la habitación, donde estaba sentado Onyx.

—Me pregunto si deberíamos informar a Ares y Hanadarko sobre las observaciones de Cowboy sobre Arnst antes de entrar.

—Eso es decisión tuya —dijo Ranger, mirando a Onyx, quien dijo que estaba de acuerdo.

—Creo que es el momento.

—¿Dónde? —preguntó Ranger.

—Mejor hacerlo en el campamento.

—Entendido. ¿Vais los tres allí ahora?

—Esa era nuestra intención.

—Allí os veré —ofreció Ranger.

—Quizá sea hora de compartir el resto. —No necesité especificar nada. Tanto Ranger como Onyx sabían a quién me refería: Thanatos.

18

HANADARKO

Mientras Mayhem hablaba con Ranger y Onyx, volví a la sala de examen para avisar al forense de la coartada del novio de Patti.

—¿Cuánto tiempo tardaremos en obtener los resultados del ADN del semen encontrado en su cuerpo? —pregunté.

—Varios días como mínimo.

—Agradeceríamos cualquier cosa que pudiéramos hacer para acelerar el proceso.

—Haré lo que pueda.

—¿El forense está trabajando solo? —pregunté cuando me reuní con Mayhem y Ares.

—No lo creo —respondió Mayhem.

—Necesitamos que procese las pruebas más rápido.

—Lo hablaré con Ranger y nos vemos en el campamento —se ofreció Ares.

—¿No necesitas que te llevemos? —le pregunté.

—Negativo. Iré con Ranger.

—¿Por qué? —pregunté cuando se alejó—. Todavía seguimos aquí. Podemos esperarle.

—Hay nueva información que quiere revisar con nosotros, pero no en el centro de mando.

Por mucha curiosidad que tuviera, no tenía sentido preguntarle a Mayhem de qué se trataba. Si tuviera intención de decírmelo, o incluso si tuviera autoridad para compartirlo, ya lo habría hecho.

En cuanto llegamos al campamento, lo primero que hice fue sacar a Millie para que hiciera sus necesidades. Cuando entré, Mayhem estaba sacando comida de la nevera.

—¿Queda algún sándwich? —pregunté.

Él sonrió.

—Un par. Te dije que estaban buenísimos.

—No te equivocabas. —Sonreí, cogí el que él sostenía, lo puse en un plato y salí de la cocina.

—Tenemos mucho que añadir a la pizarra —dije entre bocados del sándwich de pavo relleno y salsa de arándanos—. Este está tan bueno como el de carne asada.

—No estoy de acuerdo.

Cuando vi lo que estaba comiendo intenté coger la segunda mitad, pero él apartó el plato fuera de mi alcance.

—Bogart* —dije en voz baja.

—*Acabas* de decir que el pavo estaba igual de bueno.

—Quería hacer una prueba de sabor.

—Te diré lo que haremos. Actualiza la pizarra antes de que lleguen Ranger y Ares, y yo te daré la mitad.

—¡Acaban de llegar!

Mayhem se encogió de hombros.

—Si te duermes, lo pierdes.

Añadí lo que habíamos averiguado del forense, lo que me recordó que Ares había dicho que iba a hablar con Ranger sobre la necesidad de procesar las pruebas con mayor rapidez.

---

* Tomar una parte injusta de algo; quedárselo para sí en lugar de compartirlo.

—Necesitamos que se hagan pruebas rápidas a las dos muestras de ADN —dije en cuanto Ranger y Ares entraron.

—Ya se están haciendo —respondió Ranger.

—¿Cuándo tendremos noticias?

—Al final del día.

Mis ojos se encontraron con los de Mayhem. Parecía tan esperanzado como yo de que esto nos revelara algo importante.

—Empecemos —dijo, aclarando la garganta y empujando hacia mí el plato con la mitad de su sándwich cuando me senté a su lado.

Ranger abrió su portátil y lo colocó de manera que los tres pudiéramos verlo.

—El equipo forense que procesó la habitación subterránea de la propiedad situada al noroeste de Canada Lake encontró un bloc de notas. Aunque las páginas estaban en blanco, pudieron utilizar una prueba rudimentaria para ver lo que se había escrito anteriormente.

Me incliné hacia delante cuando apareció una imagen en la pantalla. Aunque la mayoría de las palabras eran indescifrables, dos cosas me llamaron la atención.

—¿Qué pone en la parte superior?

—Thanatos —respondió Ranger—. Significa la muerte del cuerpo o la separación, ya sea natural o violenta, del alma y el cuerpo, por la cual termina la vida en la tierra.

Me estremecí. Varias líneas más abajo, una frase estaba clara. *¿Por qué Craig se queda con Winslow?* Me recosté en la silla mientras las cosas que había leído en el informe que me había enviado Decker Ashford pasaban por mi cabeza, principalmente el recuerdo de Winslow de las cosas que Ferrone le había dicho.

—Mayhem sugirió a Cowboy que preparara un informe con sus observaciones sobre el hombre que estará en la oficina del sheriff esta tarde. Se llama Clinton Arnst, pero le conocen como Chink —comenzó Ranger.

Mayhem se levantó y sustituyó la pizarra de sospechosos que

habíamos empezado la noche anterior por una en blanco. En la parte superior, escribió "Thanatos" y lo subrayó. Debajo, dibujó dos columnas. En la parte superior de la columna derecha, escribió "Clinton Arnst".

—¿Es sospechoso? —pregunté.

—No necesariamente —respondió Ranger—. Lo determinaremos una vez que hayas tenido la oportunidad de procesar la información.

Ranger comenzó contando la historia de Arnst, que era el hermano mayor de Francis Arnst, el abogado que parecía representar a la mayoría de las personas que vivían en el parque estatal.

—Arnst tiene setenta y nueve años. Compró el bar y hotel Vroomen hace cincuenta años. Antes de eso, él y su padre tenían el contrato de recogida de basura en el condado de Fulton. Tomó el relevo de su padre, que lo había tenido durante tres décadas. Cuando compró el bar, dijo que era porque el condado había dejado de ofrecer el contrato y se había hecho cargo de la recogida.

Cincuenta años. Ese número seguía apareciendo.

—Cuando Cowboy le preguntó a Arnst si era pariente de Francis, él respondió dos cosas. Primero, que no había hablado con él en varios años. Segundo, se le citó diciendo: "Fue culpa suya que perdiera el contrato de recogida de basuras".

Ranger esperó mientras Mayhem añadía notas a la pizarra.

—Cowboy también informó de que Arnst había preguntado qué estaba pasando en Canada Lake.

Eso en sí mismo no parecía merecer una nota. Yo habría predicho que cualquiera de los residentes permanentes lo habría preguntado si hubiera tenido la oportunidad.

—Por último, Cowboy informó de que Arnst tenía una gran colección de cómics de Marvel. Uno en particular le llamó la atención; en realidad, llamó la atención de Buster. En cualquier caso, era *El Invencible Iron Man, Número Cincuenta y cinco*. La importancia de ese número en particular es que era la primera aparición del personaje de Marvel, Thanos.

—¿Thanos y Thanatos son intercambiables?

—En el número mencionado, el personaje se presentaba así: "el nombre "Thanos" deriva de la idea griega de Thanatos, la personificación de la muerte y el olvido".

—Joder, Dios mío —murmuré, sacudiendo la cabeza—. Se cree que algunos de los restos encontrados en el lago tienen cincuenta años. —Levanté la vista hacia Mayhem, que asintió con la cabeza.

—Antes de eso, Arnst tenía el contrato de "recogida de basura". ¿Podemos averiguar en qué consistía?

Ranger pulsó el botón de flecha del teclado y apareció una foto en la pantalla. En ella, tres hombres estaban de pie delante de varios camiones de basura. En la parte delantera de uno de ellos estaba pintado "¡Aquí viene Chink!".

—¿Adónde llevaban la basura una vez recogida?

Ranger volvió a pulsar el botón de flecha y apareció otra imagen en la pantalla. Era una imagen en blanco y negro como la primera, pero esta era claramente de un vertedero. Me incliné para ver mejor.

—¿Son osos? —pregunté.

—A mí me lo parecen —dijo Ares, que se había inclinado como yo.

—Según Al, el abuelo de Maisie, la gente solía aparcar cerca de la entrada del vertedero y hacer fotos a los osos. Por eso tienen los ojos así. Es el reflejo de los faros de los coches —explicó Ranger.

—¿Dónde estaba el vertedero? —pregunté.

—En un sendero. Estamos tratando de obtener un permiso de excavación del estado.

Apoyé la cabeza en la mesa mientras mi mente se aceleraba pensando en lo que esto podría significar. *Más restos. Más cadáveres. Más de cincuenta años.*

—¿Puedes volver a la foto de los tres hombres? —pregunté.

Cuando Ranger lo hizo, me incliné y miré más de cerca. Era evidente que los dos hombres más altos eran parientes. Si no lo hubiera sabido ya, habría pensado que eran padre e hijo. Sin embargo, el tercer hombre no se parecía en nada a ellos y era unos treinta centímetros más bajo.

—¿A cuál de los hombres más jóvenes vamos a ver mientras observa las fotos? —pregunté.

Ranger señaló al más alto de los dos jóvenes.

—Ese es Chink.

—¿Quién es este? —pregunté señalando al hombre más bajo.

—Francis Arnst.

—Interesante —dije en voz baja—. ¿Qué más sabemos de Chink?

Ranger giró su ordenador portátil.

—Nacido y criado en Canada Lake. Nunca se ha casado. Vive en la misma granja donde, según los rumores, su madre le dio a luz. No hay pruebas de ello.

—¿Educación?

—Se graduó en el instituto, pero no fue a la universidad.

—¿Qué más sabemos de él?

—No hay mucho que saber —dijo Ranger—. Es muy reservado, según Al Jones. Es un tipo solitario.

—Mi observación es que este hombre tiene un largo historial de abuso de alcohol —dijo Mayhem—. Sin embargo, hay algo más que recuerdo. Tiene que ver con la colección de cómics. —Mayhem abrió su portátil y tecleó varias cosas—. Ah, aquí está. Según Cowboy, cuando los vio por primera vez, comentó que era una colección bastante buena. Chink respondió que su hijo le había dicho más de una vez que los guardara en algún sitio seguro.

—¿Su hijo? —preguntó Ranger.

—Eso es lo que dice el informe.

—No recuerdo que se mencionara a ningún hijo. No sé cómo se me pasó —murmuró Ranger, desplazándose por lo que supuse que era el informe en su ordenador. Cogió el móvil y hizo una llamada—. Hola, preciosa. ¿Dónde estás? —Esperó a que le respondieran y luego dijo—: ¿Puedes preguntar a tus abuelos si sabían que Chink Arnst tenía un hijo? Claro, ya me llamas.

Hizo otra llamada.

—Hola, Cowboy. ¿Te puedo poner en altavoz? Gracias. —Ranger dejó el móvil sobre la mesa—. Estoy confirmando algo de tu informe. ¿Estás seguro de que Chink Arnst dijo que tenía un hijo?

—Al cien por cien. ¿Cómo van las cosas por ahí?

Ranger cogió el teléfono y salió por la puerta principal.

—No estoy segura de que necesitara tomarse tantas molestias solo para que pudiéramos escuchar a Cowboy confirmar lo que ya ponía en el informe —dije.

—Sí, ha sido un poco raro —dijo Mayhem, sentándose a mi lado.

—¿Y tú, Ares? ¿Qué opinas de todo esto?

—Estoy intentando imaginarme al hombre que ha descrito Ranger convenciendo a quién sabe cuánta gente para que matara por él. —Miró a Mayhem—. Tú lo conociste. ¿Qué opinas?

—Fue breve. Tendremos la oportunidad de evaluar su comportamiento en la oficina del sheriff esta tarde.

—¿Quién estará con él? —pregunté.

—Cuanto más lo pienso, más recomendaría a Buster. Creo que habló largo y tendido con el hombre sobre la colección de novelas gráficas.

La puerta se abrió y Ranger se reunió con nosotros.

—Cowboy recomienda que Buster revise las fotos con Arnst esta tarde.

—Mayhem acaba de decir lo mismo —le dije.

El móvil de Ranger sonó.

—Hola, Maisie. —Estaba tan cerca de mí que pude oír ambos lados de la conversación, incluyendo a Maisie diciendo que ni Al ni Mary habían oído nunca que Chink tuviera hijos.

Después de terminar la llamada, Ranger se guardó el teléfono en el bolsillo.

—Dado que esto ha pasado de ser un ejercicio para ver si podía ayudar a identificar a alguna de las personas de las fotos que encontramos a algo mucho más complejo, quiero explicaros lo que Arnst va a examinar esta tarde. Hemos recopilado un grupo de fotos tomadas de las que encontramos en el apartamento de Ferrone y en el búnker subterráneo. Hemos incluido un número aleatorio de las que no tienen una X y otro número aleatorio de las que sí la tienen.

—Pensé que no era prudente mostrárselas a "civiles" —dijo Mayhem.

—Solo son aquellas en las que hemos podido eliminar digitalmente la X y recrear la imagen que hay debajo —explicó Ranger —. Basándonos en el informe de Cowboy y en lo que sabemos sobre el historial de Clinton Arnst en la zona, Onyx lo ha hablado con Doc y Merrigan, y los tres han aprobado este cambio de estrategia. Además de lo que acabo de mencionar, se mezclarán fotos de Ferrone, Fasano y Phillips, así como varias fotografías tomadas de anuarios de institutos locales, algunas de los últimos años y otras más antiguas. Ese conjunto incluirá tanto a hombres como a mujeres.

—Es un plan excelente. Había pensado en algo similar, aunque no tan completo. Sin embargo, dudaba que hubiera tiempo para poner en práctica mi sugerencia —dije.

—Estoy de acuerdo. Bien hecho —dijo Mayhem.

—Como Buster estará con él, supervisará las respuestas físicas que quizá no podáis detectar desde la sala de observación: cambios en la respiración, sudoración, cosas así. Podréis evaluar el comportamiento general de Arnst y anotar cualquier racción que observéis. Cada uno de vosotros tendrá su propia copia de lo que él esté viendo para que podáis tomar notas.

—Es un trabajo excelente, Ranger.

—Gracias, Hanadarko. Solo rezo por que vayamos por buen camino. Tenemos que poner fin al reinado de terror de Thanatos.

Los cuatro móviles sonaron o vibraron al mismo tiempo.

—Hostia puta —murmuré al leer lo que aparecía en la pantalla.

—Lo mismo digo —dijo Mayhem.

Cerré los ojos y giré los hombros, procesando lo que acababa de leer.

—Las dos muestras de ADN analizadas del semen encontrado en el cuerpo de Barr y de la mujer no identificada número tres coinciden con las de Craig Ferrone —dijo Ranger.

—¿Se ha alertado a Cowboy? —preguntó Mayhem.

—Afirmativo —respondió Ranger.

Pensé en el peligro que representaba que Ferrone estuviera vivo.

—La nota decía que había dejado marchar a Winslow.

—Así es —dijo Mayhem.

—Lo cual, según lo que se oyó decir a Fasano y Phillips, significa que Ferrone podría estar matando para seguir con vida.

Mayhem asintió.

—Por eso está escalando.

—El cadáver del coche quemado era una advertencia.

—No tenía intención de despistarnos, sino más bien enviarle un mensaje a él.

—Hemos iniciado una búsqueda —dijo Ranger.

—Lo más probable es que Ferrone haya matado a Patti y a Jane Doe. Si su último asesinato fue en Johnstown, es posible que ya haya abandonado la zona —dijo Ares.

—A menos que también haya matado a Olivia. Si es así, podría estar cerca —respondí.

Mientras Mayhem me miraba, me di cuenta de que estaba perdido en sus pensamientos.

—¿Qué pasa? —le pregunté.

—Hay muchas imágenes de las cámaras de seguridad de la

parte delantera de Vroomen. Sin embargo, la parte trasera está oculta por los árboles.

Ranger sacó su teléfono y hizo una llamada.

—Necesitamos una orden para registrar Vroomen y necesitamos ojos en la parte trasera del edificio. —Terminó la llamada —. Será imposible ocultar el aumento de la presencia policial en el parque. Sin embargo, hemos estado vigilando las veinte de Arnst desde que Cowboy envió el informe.

—Necesitamos más información sobre Fasano. ¿Dónde estaba antes de ser adoptada, cuándo fue adoptada, a qué colegio iba? ¿Dónde están sus padres? —pregunté.

—No viven aquí a tiempo completo, pero puedo pedirle a Spider que les llame. Él ha sido su hombre de confianza —respondió Ranger—. ¿Qué clase de prioridad quieres que le dé?

—No alta, pero ¿por qué? —pregunté.

—Él, Casper y Admiral han estado peinando las zonas de Long Lake y Lake Placid, tratando de identificar algunas de las fotos. Fueron los primeros de nuestro equipo en llegar al lugar cuando encontraron a Jane Doe en Moffitt Beach y regresaron a Canada Lake cuando trasladaron el cadáver esta mañana.

—Eso es más importante.

—¿Qué más? —preguntó Ranger.

—Winslow describió a Ferrone como bastante alto, más de metro ochenta y desgarado. Para navegar por el canal poco profundo, la embarcación utilizada para tirar el cuerpo de Olivia tendría que ser pequeña. En ese caso, el tamaño de Ferrone sería proporcionalmente evidente —sugirió Mayhem.

Ranger miró su teléfono.

—El testigo dijo que no había visto bien a la persona que conducía la lancha. Sin embargo, tienes razón. Alguien del tamaño de Ferrone habría llamado la atención en una embarcación tan pequeña.

—Las pruebas de ADN confirman que Ferrone mantuvo relaciones sexuales con Patti —comencé—. Pero el forense dijo que no había signos de lesiones vaginales, por lo que el Dr. Lee no creía que hubiera sido violada. Deberíamos averiguar si alguien del restaurante recuerda haber visto a alguien que coincida con la descripción de Craig. También deberíamos interrogar al novio sobre la naturaleza de su relación.

—Tengo algunas preguntas sobre la familia Arnst —dijo Ares—. Has mencionado que "crees" que Francis Arnst ha sido hospitalizado. ¿Podemos confirmar si lo ha sido o no? Por lo que he leído en los informes, ha metido las narices en las investigaciones en curso en varias ocasiones. Es el abogado de las familias de las tres primeras víctimas. —Ares miró sus notas—. También estuvo involucrado cuando desapareció tu esposa. ¿Qué hay de las familias de las otras víctimas?

—Se reunió con los padres de Winslow. Lo investigaré, pero no creo que tuviera nada que ver con los padres de Fasano o Betsy —respondió Ranger.

—¿Cuándo fue la última vez que alguien supo de él? —pregunté, esperando a que Ranger terminara de tomar notas antes de continuar.

—El informe de Cowboy decía que los dos hermanos llevaban años distanciados. ¿Hay algún otro familiar, aparte del hijo, que nadie parezca conocer de Chink? —preguntó Mayhem.

Ranger añadió eso a su lista de preguntas y luego levantó la vista como si esperara más.

—Necesitamos saber quién se encargó de las adopciones de Phillips y Fasano —añadí—. La pareja que adoptó a Phillips lo acogió a los dos años. Necesitamos saber quién acogió a Ferrone y si Fasano fue adoptada inmediatamente o si también estuvo en acogida.

—Entendido —dijo Ranger.

—Eso es todo lo que se me ocurre por ahora —le dije.

—Lo mismo —dijo Ares.

—¿Mayhem?

Levantó la cabeza.

—Nada más por ahora.

Al igual que con McDowell, el último caso de asesino en serie en el que Mayhem y yo habíamos trabajado juntos, sentía que estábamos a punto de reconstruir un perfil sólido. Una vez que Ranger consiguiera respuestas a nuestras preguntas, especialmente las relacionadas con el sistema de acogida y las adopciones, estaríamos listos.

—Una cosa más —dije mientras Ranger se marchaba.

—¿Qué es?

—Arnst es abogado de familia. A ver si alguna vez ha trabajado algún caso de adopción.

19

MAYHEM

Cualquiera podría ser un asesino en serie: un hombre que era diácono de la iglesia, presidente de la asociación de propietarios y un padre cariñoso. O la pareja de modales afables que jugaba al bridge con sus vecinos, que los conocían desde hacía años. Incluso alguien como Ted Bundy, que había sido descrito como un hombre encantador, elocuente e inteligente. Lo que significaba que Chink Arnst bien podría ser el cerebro detrás de la carnicería que había asolado silenciosamente el Parque Estatal Adirondack durante décadas. Sin embargo, mi instinto me decía que no era él.

Lo que presenciaríamos esa tarde contribuiría en gran medida a confirmar o refutar lo que me decía mi instinto.

Después de recibir un mensaje de texto de Ranger, en el que nos indicaba que nos dirigiéramos a la oficina del sheriff, llegamos y nos hicieron pasar por una entrada trasera y nos llevaron a una sala de observación. Tal y como nos habían prometido, había tres juegos de imágenes que Arnst iba a examinar. Había ocho páginas en total, con doce imágenes por página.

Cuando Ranger encendió el audio, Chink y Buster estaban

hablando de su hijo. Ambos tenían un vaso de plástico lleno de agua junto a ellos y había una jarra sobre la mesa.

—¿A qué se dedica su hijo? —preguntó Buster.

—Algo con ordenadores. Yo no entiendo nada. Ha estado intentando que use uno en el bar, pero le he dicho que me las arreglo bien con mi sistema *anticuado,* palabras suyas, no mías, desde hace años.

—¿Usted y su mujer tienen nietos?

—Ninguno. Nunca me casé con la madre del chico. Y no, él tampoco tiene hijos. Al menos que yo sepa. Demonios, ni siquiera sabía que existía hasta que fue adolescente.

Aunque estoy seguro de que Buster le habría hecho un sinfín de preguntas si estuviera interrogando al hombre, Arnst estaba allí para revisar las imágenes y ayudar a identificar a las víctimas y a las posibles víctimas.

—¿Está listo para empezar? —preguntó Buster.

—Mi memoria ya no es lo que era, pero ayudaré en lo que pueda.

—¿Algún indicio de que haya bebido? —pregunté cuando Ranger se unió a nosotros en la sala de observación.

—Apesta a alcohol.

—Mi vista no es mucho mejor que mi memoria —dijo Arnst, inclinándose para mirar más de cerca—. Mierda, cualquiera de estos chicos podría haber estado en Vroomen. No quiero decir que sepa quiénes son.

Se tomó su tiempo, estudiando cada página, volviendo a las anteriores y echándoles un segundo vistazo. Hasta ahora, no había señalado ninguna en particular, ni su reacción había variado en absoluto.

Cuando llegó a la cuarta página, se inclinó como había hecho con las demás, pero esta vez se subió las gafas a la cabeza, se frotó la barbilla cubierta de barba y volvió a bajarlas.

—Ferrone —dijo Grace, señalando la segunda foto de la tercera fila.

—¿Alguien le resulta familiar? —preguntó Buster.

La respuesta enfática de Chink, "No", era incongruente con la forma locuaz en que había respondido a las preguntas hasta ese momento. Tomó un sorbo de agua y pasó la página.

Cuando llegó a la sexta página, la de la foto de Patricia Fasano, su reacción fue diferente y más sutil. Esta vez, entrecerró los ojos y no se frotó la barbilla.

—¿Qué hay de los huéspedes del hotel? —preguntó Buster.

—No he tenido muchos hasta hace poco.

Cuando llegó a la octava y última página, la foto de Brock Phillips era la cuarta de la fila superior. Al igual que en la página seis, frunció los ojos.

—Los reconoce —dijo Ares.

—Siento no haber podido ser de mucha ayuda —dijo Chink, dando otro sorbo al agua e inclinándose hacia atrás desde la mesa —. Muchos de ellos me resultan familiares, pero no sabría decirle quiénes son.

—¿Alguno le resulta más familiar que los demás?

—No —respondió Chink, de nuevo de una manera menos campechana que con todas las demás preguntas.

—Le agradecemos mucho que se haya tomado la molestia de echarles un vistazo.

—¿Qué estáis buscando?

—Se han denunciado varios robos en el parque. Otros testigos identificaron a varios sospechosos, cuyas fotos ya ha visto. Creemos que se trata de una banda criminal.

—Qué raro, no he oído nada al respecto —dijo Chink, echando hacia atrás la silla.

—Ha vuelto a entrecerrar los ojos —dijo Grace.

El móvil de Ranger sonó y salió de la habitación.

—La mayoría de los robos tuvieron lugar en algunos de los lagos más populares, más al norte.

—¿Como dónde?

—Placid, Long Lake, Speculator y Tupper Lake. Puede que haya habido algunos más.

—¿Pero nada por aquí?

—Sí, un par en Peck Lake.

—Eso no está muy lejos de aquí. ¿Trabajas para el sheriff?

—Al igual que Ranger, pertenezco a la Oficina de Investigación Criminal, colaboramos con la Policía Estatal de Nueva York.

—¿Tienes algo que ver con lo que está pasando en Canada Lake?

Buster negó con la cabeza.

—No entiendo. ¿Qué está pasando allí?

—Hay mucha actividad. Hay un montón de gente alojada en Vroomen.

—Ah, eso. Correcto. He oído que se trata de un estudio de impacto medioambiental.

Chink se frotó la barbilla.

—Ah.

Ranger regresó a la sala de observación.

—Nunca vais a creer esto —dijo en voz baja—. Acaba de aparecer Francis Arnst. Dice que ha oído que están interrogando a su hermano.

—¿Qué le ha dicho el sheriff?

—Que estaba equivocado y que le habían pedido que viniera para ver si podía identificar a los sospechosos de una banda de atracadores, lo mismo que le dijeron a Chink.

Buster miró en dirección al reloj que colgaba de la pared, sobre la ventana que separaba las salas de interrogatorios y de observación. Asintió ligeramente con la cabeza, indicando que había oído lo que Ranger había dicho por el intercomunicador.

—Otra cosa, quería preguntarle por su colección de cómics.

A Chink se le iluminaron los ojos.

—Sí, he estado pensando en venderlos. ¿Te interesan?

—Quizá.

—¿Quieres venir a verlos ahora?

—Adelante —dijo Ranger.

—Claro. Tengo algo de tiempo libre si no hay nada más que hacer.

—¿Su hermano sigue ahí fuera? —le pregunté a Ranger.

—Sí —respondió mientras salía de la habitación.

—Esto va a estar interesante —dijo Grace.

Menos de diez minutos después, Ranger regresó.

—¿Y bien? —pregunté.

—Francis dijo que la chica que estaba cubriendo el bar por Chink llamó para decirle que lo estaban interrogando.

—¿Eso es lo que le dijo Chink?

—Buster se dirige con él a Vroomen e intentará llegar al fondo del asunto.

—¿Cómo fue la conversación entre los hermanos? —preguntó Ares.

—Unilateral. Por lo que respecta a Chink, Francis era invisible. No reconoció la presencia de su hermano, y mucho menos que hubiera dicho algo.

Estábamos saliendo de la zona de observación cuando alguien entró en la sala de interrogatorios.

—¿Quién es esa? —pregunté.

—Susan. Trabaja con el médico forense.

—¿Qué está haciendo? —preguntó Grace.

—Ver si tenemos suficiente para el ADN. Si no, al menos huellas dactilares —respondió Ranger.

Grace no preguntó nada más. Sabía tan bien como yo que, independientemente de lo que dijera el laboratorio, no sería admisible como prueba.

ARES, GRACE Y YO NOS DETUVIMOS DE NUEVO EN LA TIENDA DE Canada Lake para comprar otra ronda de sándwiches antes de regresar al campamento. También puso unas latas de comida para perros en la cesta, junto con una sudadera del Parque Estatal Adirondack.

—¿Para quién es eso? —le pregunté cuando lo dejó en el mostrador y vi que era una XXL.

—Es para que Millie se acurruque si tiene frío.

—Eres una buena madre, Grace.

Ella puso los ojos en blanco y yo le rodeé los hombros con el brazo. Ella apoyó la cabeza en mi pecho mientras esperábamos a que la cajera cobrara nuestras compras. Antes de que pudiera pagar, introduje mi tarjeta de crédito en la máquina.

—Puedo pagarlo yo —dijo, intentando sacar mi tarjeta antes de que terminara de procesarse, pero le agarré la muñeca.

Me incliné hacia delante y le di un beso en la sien.

—Yo también puedo.

—No tienes que pagarlo todo, Mayhem. Yo tengo dinero.

Tuve que admitir mi sorpresa cuando me dijo que el Porsche en el que había visto salir a Soj era suyo. Por lo que recordaba, costaban más de cien mil dólares. No le había preguntado entonces, y por mucho que quisiera hacerlo ahora, no lo haría. Las cosas entre nosotros eran lo suficientemente delicadas como para entrometerme en sus finanzas.

Una vez que nos instalamos en la cabaña y cada uno consiguió un plato con comida, nos reunimos en la sala principal, donde estaban colocadas las pizarras.

—¿Hablamos de nuestras percepciones? —pregunté.

—Si Chink es nuestra mente maestra, es un actor muy bueno —dijo Grace entre bocados.

—¿Qué quieres decir?

—El alcohol ha destruido un alto porcentaje de sus células cerebrales. O, como en esa película... ¿Cómo se llamaba? ¿En la que el último sospechoso es Keyser Soze?

—*Sospechosos habituales* —le dije.

—Sí, esa.

—Una de mis frases favoritas es de esa película —dijo Ares—.

"El mayor truco que ha hecho el diablo es convencer al mundo de que no existe."

Había sacado mi teléfono para buscar a Keyser Soze, y así es como supe el nombre de la película. No me había dado cuenta de cuánto tiempo había pasado desde su estreno.

—Tenías un año cuando se estrenó esa película.

Grace sonrió.

—Era la favorita de mi padre. La veíamos una y otra vez, buscando pistas que se nos habían escapado.

Su padre murió antes de que yo conociera a Grace, pero su madre y Meemaw contaban maravillosas historias sobre él, al igual que ella. Muchas veces deseé haberlo conocido. Jerry, el actual marido de la madre de Grace, había trabajado con Henry Hunter y solo tenía buenas palabras para él. No tenía ninguna duda de que Grace se parecía mucho a su padre.

—¿Qué crees? —me preguntó, mirándome—. ¿Es Chink nuestro hombre?

—No lo creo. ¿Tú? —le pregunté a Ares.

—Estoy de acuerdo. No lo veo.

Me levanté al oír que llamaban a la puerta y vi que era Buster.

—Estábamos discutiendo si creemos que Chink es nuestra mente maestra —le dije, invitándole a entrar.

—Sí. No sé qué pensar.

—¿Qué hay de la mujer de Vroomen que le dijo a Francis Arnst que Chink estaba siendo interrogado?

—Ella dijo que no. Es más, Chink no le dijo adónde iba. Solo le pidió que vigilara el bar.

—¿Quién es ella?

—Se llama Gert Ross. Me dio la impresión de que ella y Chink podrían haber tenido algo en el pasado. Quizá aún lo tengan.

—¿Es la madre del hijo?

—Hice un chequeo rápido. Su marido murió hace veinticinco años. Tiene una hija, que vive en Gloversville, y dos nietas, ambas se mudaron fuera de la zona.

—¿Cómo sabía Francis que su hermano estaba en la oficina del sheriff?

—Ranger está trabajando en eso ahora. Sospechamos que podría haber sido uno de los, eh, rangers. Ya sabes, los guardas forestales. Su oficina está al lado de la del sheriff.

—Dijiste que Chink pasó junto a él como si su hermano no estuviera allí —dijo Ares.

—Sí, fue extraño. —Buster negó con la cabeza.

Todos levantamos la vista cuando llamaron de nuevo a la puerta. Buster no se había sentado, así que se acercó para dejar entrar a Ranger.

—¿Qué pasa? —preguntó Grace antes de que yo pudiera hacerlo. Yo lo habría hecho, sin embargo, por su expresión.

—El laboratorio ha podido obtener suficiente ADN del vaso de Chink para analizarlo. —Ranger parecía estar a punto de vomitar.

—Sigue.

—Coincide en un cincuenta por ciento con Ferrone.

—Santo Cristo —dijo Grace con los ojos muy abiertos—. Es el *padre* de Ferrone.

20

HANADARKO

—Joder, tío, necesito un trago —dije, levantándome de la mesa. Mayhem me siguió hasta la cocina. Mientras cogía la botella de whisky que supuse que era suya, él sacó cuatro vasos del armario. Cogí un quinto y volvimos a la sala principal.

—¿Te apuntas? —le pregunté a Ranger.

Él asintió, se bebió lo que le serví en el vaso y me hizo un gesto para que le sirviera otro. Se pasó la mano por el pelo.

—Ferrone es el hijo de Chink Arnst. Es decir, todavía estoy intentando asimilarlo.

—¿Has hablado con Cowboy? —preguntó Mayhem.

—No —respondió Ranger.

—¿Quieres que me encargue yo?

—Te lo agradecería.

—Mira a Mil, ¿vale? —le grité a Mayhem cuando se excusó para ir a la otra habitación.

—Tengo más cosas que contaros —dijo Ranger, tapando su vaso con la mano cuando le ofrecí la botella para ver si quería más —. Por fin hemos podido identificar a Jane Doe número uno. — Cuando señaló la pizarra de víctimas, Ares se acercó y borró el nombre con el dedo—. Teresa Gregorio. Veinticuatro años y profesora asistente en SUNY Adirondack. En el colegio público de Lake George, que también es de donde ella es. Sus padres fallecieron. Su madre murió cuando ella tenía doce años. Su padre falleció cuando ella tenía dieciséis. Pasó dos años en acogida y luego asistió a la Universidad de Vermont en Burlington. Heredó algo de dinero de su padre, por lo que tenía un apartamento cerca del campus y vivía sola.

—¿Nadie sabía que había desaparecido?

—Casper y uno de los agentes del FBI irán mañana a Lake George. Verán qué más pueden averiguar sobre ella, sus amigos y su familia. También hablarán con el colegio para ver si podemos determinar cuándo fue la última vez que alguien la vio.

—¿Cómo la identificasteis?

—Por los registros dentales.

Miré la pizarra. El cuerpo de Teresa fue encontrado el 8 de abril. Murió sola en un búnker subterráneo donde había sido retenida cautiva después de que un loco la secuestrara. Según las conclusiones del forense, murió de deshidratación provocada, en parte, por inanición.

Cerré los ojos y la imaginé en la habitación en la que no había estado, pero que había visto en fotos. Su muerte tuvo que ser una bendición cuando sus órganos comenzaron a fallar uno por uno.

—¿Estás bien? —preguntó Ares.

—Estoy pensando en Teresa.

—¿Qué pasa con ella?

—Vamos a encontrar al hijo de puta responsable de su muerte, porque no era solo Brock Phillips. Cuando lo hagamos, nos aseguraremos de que experimente el mismo infierno que hizo pasar a sus víctimas.

Ranger y Ares asintieron con la cabeza.

—Cowboy está tan sorprendido como el resto de nosotros al saber que Ferrone es el hijo de Chink —dijo Mayhem, que se reunió con nosotros unos minutos más tarde—. Y Millie está envuelta en su nueva sudadera.

—¿Tienes algo más para nosotros? —le pregunté a Ranger.

—Eso es todo sobre Teresa. Aún no se ha identificado a la mujer encontrada en Moffitt Beach, pero Merrigan ha alentado al forense a que le dé prioridad. —Ranger sacó su teléfono y deslizó el dedo por la pantalla—. Hablé con Francis Arnst después del encuentro en la oficina del sheriff y le dije que Maisie y yo estábamos pensando en acoger o adoptar a un niño. Le pregunté si alguna vez se había ocupado de algo así o si conocía a alguien en la zona que se especializara en ello. Me dijo que nunca lo había hecho, pero que me daría los nombres de dos o tres bufetes de abogados que creía que podrían hacerlo.

Estudié la pizarra, sabiendo que había más cosas que quería que Ranger investigara por nosotros, pero no se me ocurría nada. *Sabía* que había un patrón aquí. ¿Qué demonios se me estaba escapando?

—*¡Joder!* —grité cuando finalmente me di cuenta—. Todas tienen veinticuatro años.

—¿Y? —preguntó Mayhem.

—Los registros de acogida se eliminan al cabo de seis años.

—No todas las víctimas, al menos las que conocemos, estaban en el sistema de acogida —dijo Ares.

—Estoy de acuerdo con nuestra teoría anterior de que las mujeres. —Mayhem miró la pizarra—. Emily, Melissa y Janine fueron secuestradas para pedir rescate con el fin de que Thanatos financiara su máquina de matar.

Estaba de acuerdo, y parecía que Ares también.

Ranger estaba a punto de salir por la puerta, pero se dio la vuelta.

—Buster dijo que un par de agentes del FBI interrogaron al testigo que nos dio el número de matrícula de la lancha. Cuando le mostraron una foto de Ferrone, negó con la cabeza y dijo:

"Aunque no lo vi bien, sé que no era tan alto. De hecho, diría que era mucho más bajo".

Mis ojos se encontraron con los de Ares y luego con los de Mayhem después de que Ranger se marchara.

—¿Estáis pensando lo mismo que yo? —pregunté.

Mayhem se acercó a la pizarra de perfiles y dibujó otra línea vertical. En la parte superior, escribió: "Personas de interés". Debajo, añadió: "Francis Arnst".

—Me gustaría hablar con Chink, pero no quiero que lo traigan aquí. Algo más informal.

—Podríamos ir los tres a comer mañana a Vroomen —sugirió Mayhem.

—¿Crees que estará allí?

—Siempre está allí.

Era otra razón por la que no podía ser nuestro asesino en serie, a menos que estuviera orquestando los asesinatos desde detrás de la barra.

Cuando Mayhem y yo trabajábamos en el caso del asesino en serie McDowell, teníamos una regla. No hablar de ello una vez que estábamos en el dormitorio por la noche. En su lugar, hablábamos de cualquier otra cosa que se nos ocurriera que no tuviera nada que ver con el trabajo. Esta noche no fue diferente. No es que habláramos mucho. Yo me duché primero. Después de hacerlo, él se metió en la cama junto a Millie, que se había acampado en el centro del colchón. Nos turnamos para acariciarla hasta que finalmente decidió que ya había recibido suficiente atención y se fue a dormir a su cama para perros.

Para entonces, apenas podía mantener los ojos abiertos. Cuando me giré hacia un lado y Mayhem me abrazó, me quedé dormida en cuestión de segundos.

· · ·

CUANDO ME DESPERTÉ A LA MAÑANA SIGUIENTE, MI MILAGRO estaba en la cama a mi lado, pero Mayhem no. No me sorprendió. Cuando estábamos juntos, él siempre se levantaba temprano y yo siempre dormía hasta que él me lo permitía. Podía oír a Ares y a él hablando en la otra habitación, pero no lo que decían. No es que me importara. Si era algo importante, uno de ellos acabaría contándomelo.

Estiré los brazos por encima de la cabeza.

—¿Quieres empezar el día, Mil? —Ella se dio la vuelta, se estiró como yo y saltó de la cama. Al mismo tiempo, Mayhem entró por la puerta.

—Estás despierta —dijo, inclinándose para acariciar a Millie.

—Justo ahora.

—Si lo hubiera sabido, te habría traído café.

—¿Qué hora es?

—Son casi las once cero cero.

—Mierda, Mayhem, ¿por qué no me has despertado?

Se estiró a mi lado.

—Porque necesitabas descansar.

—¿Cuál fue tu primera pista? ¿Los grandes círculos oscuros bajo mis ojos?

Él negó con la cabeza.

—Hablabas en sueños.

Me acurruqué a su lado y me giré para quedar frente a él.

—¿Dije algo interesante?

Extendió la mano y me tocó la punta de la nariz con el dedo.

—Estabas hablando con Meemaw.

—¿Sí? Espero que ella me respondiera.

—Creo que lo hacía.

—¿Por qué lo dices?

Mayhem se inclinó hacia delante y rozó mis labios con los suyos.

—Te lo diré más tarde. Ahora tienes que darte prisa para que podamos ir a comer con Chink.

—¿Con Chink?

—Nos sentaremos en la barra, así que sí.

—¿Qué les sirvo, amigos? —preguntó Chink cuando nos sentamos en la barra—. ¿Y para la señorita?

—Cerveza y un chupito de whisky para mí, por favor.

—¿Y para ustedes, caballeros?

—Lo mismo —dijo Mayhem. Ares asintió y le dio las gracias.

—¿Quieren comer algo?

—¿Qué tiene? —pregunté—. He oído que este es el mejor sitio de la ciudad para comer.

Chink me guiñó un ojo y me entregó la carta.

—¿Quién le ha dicho eso?

Señalé a Mayhem.

—Me parecía familiar. Es amigo de ese tal Cassidy.

—Así es. Garrison Cassidy. Soy Emmett Gable y este es mi amigo Ares Kappas.

—¿Cómo está?

—Bien. Aunque echa de menos este lugar.

—Y tanto que lo echa de menos. —Chink se echó a reír—. Si lo conocen, eso significa que conocen a Buster y a Ranger.

—Son buenos amigos nuestros —dijo Ares.

Chink lo miró fijamente.

—¿Han venido a hablar conmigo sobre mi hijo?

—Hemos venido a comer, Chink. ¿Te importa si te llamo así? —le dije.

—¿Cómo te llamas?

—Grace, pero todo el mundo me llama Hanadarko.

Chink entrecerró los ojos.

—Grace era el nombre de mi madre. Así que, si te parece bien, así te llamaré.

—Si te invito a una copa, ¿me hablarás de ella?

Él sacudió la cabeza y se rio.

—¿Quieres oír hablar de mi madre?

—Quiero saberlo todo sobre ti.

21

MAYHEM

—Esta mujer es increíble —dijo, mirándome a mí pero señalando a Grace.

—Creo que nadie la ha descrito mejor.

Lo que tenía Grace era que, en cuanto esbozaba esa sonrisa suya, conseguía que cualquiera le contara cualquier cosa. Especialmente los hombres. La había observado fascinado innumerables veces, igual que hoy. No llevábamos ni diez minutos aquí, pero Grace ya tenía a Chink comiendo de su mano.

—Hey, Chink. Le estaba hablando a Ares de su colección de novelas gráficas. ¿Le importa si se la enseño?

—Adelante —dijo mientras se servía una cerveza y rellenaba la de Grace.

Llevé a Ares a la habitación que Chink llamaba biblioteca. Estaba llena principalmente de cómics, pero también tenía más de cien películas en VHS y algunos libros y revistas.

—Has mencionado a tu hijo. —Oímos decir a Grace.

—Es un poco rebelde.

—¿Sí? Estoy bastante segura de que mi madre y mi padre usaron ese término para describirme una o dos veces.

—No hay nadie más aquí. ¿Te importa si fumo, Grace?

—Si compartes, fumaré contigo.

—Me gustas, chica.

—Maldita sea —susurró Ares—. ¿Por qué es perfiladora? Probablemente podría conseguir que cualquiera de los enemigos de nuestro país le revelara todos sus secretos.

—Háblame sobre ese rebelde tuyo. Supongo que la manzana no cae lejos del árbol*, ¿no?

—No, yo era demasiado niño de mamá. Aunque, por lo que recuerdo de la madre de Craig, él sí que no se alejó mucho del árbol.

—¿Cómo era ella?

—Guapa como el día es largo, pero los lobos que llevaba dentro luchaban con ferocidad.

—¿Lobos? ¿De qué hablas, Chink?

Grace conocía bien la historia atribuida a los indios cherokee, pero su objetivo era hacer hablar a Chink, sacarle información. Y era una maestra en eso.

—Hay dos lobos viviendo dentro de todos nosotros. Uno es malvado. Es la ira, la envidia, los celos, la tristeza, el arrepentimiento, la codicia, la arrogancia, el orgullo y un montón de otras cosas desagradables. Luego está el lobo bueno. Es alegría, paz, amor, perdón, amabilidad, verdad, compasión, empatía y generosidad. Los dos luchan cada día.

—¿Cuál gana? —preguntó Grace.

—El que alimentemos.

—¿La madre de tu hijo alimentó más al lobo malvado que al lobo bueno?

—No solo ella. Él también, me temo.

—¿Dijiste que se llama Craig? ¿Hay alguna historia detrás de ese nombre? ¿Alguien de tu familia?

—Como él tenía ese nombre diecisiete años antes de que yo supiera de su existencia, no sabría decirte.

---

* Símil a; "De tal palo, tal astilla".

—Espera. ¿No sabías que tu hijo existía?

—No supe de él hasta que murió su madre. A veces pienso que fue diecisiete años demasiado tarde.

—¿Cómo te enteraste de su existencia?

—Los Servicios de Protección Infantil me localizaron a partir de su certificado de nacimiento. No les creí hasta el día en que vinieron aquí. Él estaba con ellos.

—¿Qué te hizo cambiar de opinión?

—El *cabroncete* era igual que yo a su edad.

—¿Sí? ¿Entonces es un diablo guapo?

Chink se rio.

—¿Te pongo otra?

—No pares. No tengo nada más que hacer hoy. Y, ¿a qué se dedica?

—Algo relacionado con los ordenadores. No sé mucho al respecto.

—¿Pasáis mucho tiempo juntos?

—A veces viene a tomar una cerveza.

Eché un vistazo desde la esquina y vi a Chink apoyado en la barra, mirando al suelo.

—¿Y el resto de tu familia?

—No queda mucha. Aparte de Craig, solo estamos mi hermano gilipollas y yo.

—¿Tu hermano *gilipollas*?

—Un abogado pretencioso. Aunque eso no ha cambiado lo gilipollas que es.

—Yo también tengo uno. Se cree mejor que el resto de la familia. Que le den por culo.

—Tienes razón. Siempre estaba avergonzado de mi padre y mi madre. Quizá más de mi padre, con su negocio de la basura. Claro, nos tomaban el pelo en el colegio, pero casi todos los del Colegio Wheelerville venían de barrios marginales, si sabes a lo que me refiero. Los niños del verano nunca iban al colegio aquí. Demonios, incluso Ranger y su hermano, Jimmy, iban al colegio en

Johnstown, aunque tampoco era mucho mejor. Sin embargo, por lo que he visto aquí, nunca se mezclaban con los stony-brokes.

—¿Los stony-brokes?

—Pobres como una roca.

Grace se rio. Era uno de mis sonidos favoritos. Era bullicioso y obsceno.

—No ayudaba que fuera bajito y regordete, y que se llamara Francis. —Chink tosió más que se rio. Además del alcoholismo, probablemente tenía enfisema.

—Tienes dos conjuntos de genes diferentes, eso está claro.

—Ya lo creo. No sé a quién demonios se parecía Francis. Mi madre era alta y delgada, como mi padre y yo. Quizá por eso decía que nunca se sintió integrado. Aunque mi padre y yo siempre sospechamos que era más bien el negocio de la basura lo que le hacía sentirse inferior.

—¿Te molestaban mucho por eso?

—Nunca. Al menos, que yo recuerde. Quizá porque nunca dejé que me afectara. No puedo decir que la mayoría de la gente considerara divertido lo que hacíamos mi padre y yo, pero siempre le sacábamos el máximo partido. Nos tomábamos nuestro tiempo, parábamos y hablábamos con la gente que venía en verano. Y te diré otra cosa. Cuando mis padres salían, mi padre nunca pagaba una sola copa. Los ricos le cuidaban. No es que él los considerara así. Y yo tampoco.

—¿Pero Francis sí?

—Probablemente no le habrían tomado el pelo tanto si no fuera tan capullo.

—¿Fue entonces cuando te pusieron el apodo?

Chink se rio de nuevo, lo que se convirtió en un ataque de tos.

—Sí, algo relacionado con mis ojos entrecerrados.

—¿Y Francis? ¿Tenía algún apodo?

—Fatty Franny*.

---

* Gordo Franny.

—¿Qué es eso? ¿Quién es Fatty Franny? —pregunté, sentándome junto a Grace. Ares se sentó al otro lado de ella.

—El hermano de Chink. Evidentemente, era gordito.

—Y un gilipollas.

Chink sacó otro cigarrillo del paquete y se lo ofreció a Grace.

—No, gracias. A diferencia del whisky, mi límite es uno.

—Hay una cosa buena que puedo decir de mi hermano. Ha sido decente con mi hijo.

—¿Por qué crees eso? —pregunté—. Dado que vosotros dos no os habláis.

—Francis se pagó la carrera de Derecho trabajando como... oficinista, supongo que así es como se les llama, en el juzgado de familia. Así que sabe mucho sobre chicos como Craig.

—¿Qué quieres decir? preguntó Grace.

—Ya te dije que era un alborotador. —Sonrió Chink, pero entonces su expresión cambió—. Ojalá hubiera sido diferente. Si hubiera sabido que tenía un hijo, no habría acabado en hogares de acogida cuando su madre se iba de juerga y acababa en la cárcel.

—Hiciste lo mejor que pudiste, Chink —dijo Grace—. Ahora estás aquí para él. Eso es lo importante.

Chink negó con la cabeza y se inclinó hacia delante, apoyando los antebrazos en la barra.

—Tiene un problema. Esperaba poder hablar con Ranger sobre ello.

Grace le puso la mano en el brazo.

—¿Qué tipo de problema?

—Me pidió que fuera a la oficina del sheriff y echara un vistazo a unas fotos. Supongo que hay una banda de ladrones que está entrando en los campamentos. No se lo dije a Buster entonces, pero la foto de Craig estaba entre ellas. Debería haber dicho algo, pero...

—Es tu hijo —terminó Grace por él—. Es comprensible. ¿Reconociste a alguien más?

—Sí, a un par de amigos suyos. Brock Phillips y la chica Fasano, no recuerdo su nombre.

—¿Crees que los tres forman parte de esta banda criminal? —pregunté.

—Todos estaban preocupados. Tengo que admitir que no recuerdo la última vez que vi a ninguno de ellos.

—¿Cuándo fue la última vez que viste a Craig?

—Hace unos días. Dijo que tenía que salir de la ciudad por negocios.

—¿Vive por aquí?

Chink negó con la cabeza.

—Tiene una casa cerca de Lake Placid. Nunca he estado allí. Me cuesta mucho alejarme de aquí, ¿sabes?

No estaba seguro de cuánto whisky se había tomado mientras Ares y yo estábamos en la esquina y no veíamos bien el bar, pero desde que habíamos vuelto, Chink se había bebido tres tragos fuertes.

—No sé vosotros, chicos, pero yo tengo hambre —dijo Grace.

—Bueno, demonios, chica, ¿por qué no dijiste nada antes de que me tomara esos tragos?

Parecía que estaba de acuerdo en que no era buena idea que él estuviera en la cocina.

—No pasa nada, Chink. —Señaló al otro lado de la calle—. ¿Tienen buena pizza allí?

—La mejor del estado de Nueva York.

—¿Quieres compartir una pizza con nosotros?

—La pizza suena bastante bien ahora mismo.

Me ofrecí a ir a recogerla después de hacer el pedido. Grace dijo que vendría conmigo para tomar el aire.

—¿En qué estás pensando? —le pregunté.

—Tenemos que vigilar a Francis. Además, algo me dice que no es hermano de sangre de Chink.

—Fue adoptado.

—Apostaría lo que fuera.

—¿Quieres informar a Ranger o lo hago yo?

—Lo haré yo.

Grace se fue al otro lado del aparcamiento y llamó por teléfono mientras yo esperaba nuestra pizza, aunque no tenía apetito.

No cuando estábamos tan cerca. Francis era nuestro hombre. Todo encajaba. Ahora, todo lo que necesitábamos eran pruebas.

22

THANATOS

lice —dije al entrar en la cafetería donde almorzaba casi todos los días cuando estaba en la ciudad—. Lo de siempre, por favor.

—Claro, cariño.

Me senté en el asiento del extremo de la barra, donde siempre lo hacía, y saludé con la cabeza al sheriff y a uno de sus ayudantes, sentados en la mesa detrás de mí.

—Menudo lío lo de Olivia. —Oí susurrar al ayudante.

Sí, había sido una pena. Era una chica bastante decente. Una pena haber tenido que matarla. Pero necesitaba saber si era capaz de hacerlo después de tantos años sin hacerlo por mi cuenta. Como a todas las que la precedieron, le rodeé el cuello con las manos y observé cómo se debatía, hasta que finalmente sucumbió al perder el conocimiento.

No había calculado bien el tiempo, así que cuando vi los primeros rayos del amanecer, supe que no podía esperar para asegurarme de haberla rematado. En lugar de eso, cogí una piedra y utilicé toda la fuerza que tenía para aplastarle el cráneo, lo que casi no fue suficiente. La edad había disminuido la fuerza que una vez poseía. A partir de ahora, me vería obligado a volver a usar un arma, como hacía al principio. Un disparo y se acababa. Aunque no era tan satisfactorio como cuando mataba con mis propias manos.

—¿Alguna pista? —Oí preguntar al ayudante del sheriff.

—Que yo sepa, no. Está fuera de nuestra jurisdicción.

Lo que significaba que el FBI creía que la muerte de Olivia encajaba con el modus operandi del asesino en serie al que estaban siguiendo. Sonreí. Como si alguna vez fueran a atraparme. Sesenta años y nunca habían tenido ni idea de lo que estaba pasando justo delante de sus narices. Eran unos idiotas. Igual que los dos hombres sentados detrás de mí, discutiendo abiertamente un caso de asesinato al alcance del oído del mismo hombre que la había matado.

—¿Te traigo algo más, cariño? —preguntó la camarera, colocando la hamburguesa con queso y las patatas fritas que comía casi todos los días para almorzar en la barra frente a mí.

Negué con la cabeza en lugar de responder cuando mi teléfono vibró en mi bolsillo. Lo saqué y deslicé la pantalla.

Ya había anticipado el mensaje, escrito en código. Era una respuesta a una solicitud de reunión, sin saber que sería la última vez que nos veríamos. Ferrone se estaba convirtiendo en un lastre demasiado grande. Al final, todos lo eran.

VARIAS HORAS MÁS TARDE, ME SENTÉ EN EL ESTACIONAMIENTO del parque de atracciones Sherman's y vi a Ferrone entrar por la puerta trasera del hotel Vroomen, un lugar al que le había prohibido volver. Era la segunda vez que ignoraba una orden directa.

La primera había sido dejar escapar a una de "nuestras chicas". Entonces casi lo mato. En cambio, le envié una advertencia. Maté a un vagabundo que parecía tener el mismo tamaño que Ferrone, lo metí en su coche y le prendí fuego. El acelerante que utilicé era del tipo que hace que arda a varios cientos de grados más que un fuego normal, lo que garantiza que los investigadores no tengan forma de determinar la identidad de la víctima.

Ahora, estaba entrando en un bar al que sabía que no se le permitía visitar. Lo mataría solo por eso si no hubiera planeado hacerlo de todos modos.

Estaba a punto de salir del coche cuando vi a Ferrone salir corriendo por la puerta trasera, meterse en su coche y conducir en dirección a nuestro lugar de encuentro. Arranqué el motor y conduje en la misma dirección.

—¡Lo sabe! —gritó Ferrone cuando salí del coche, con la mano agarrando el arma que pensaba usar para matarlo.

—¿De qué estás hablando?

—¡Chink lo sabe, *Thanatos*!

—Cálmate y dime qué te hace pensar así.

—Dijo: "Sé lo que tú y tus amigos han estado haciendo, y la policía también. Tienes que entregarte."

—¿Eso fue todo?

—¿Todo? *¡Él lo sabe!*

—Y tú sabes lo que tienes hacer.

Ferrone me miró con los ojos muy abiertos.

—No puedo.

Me acerqué lentamente a él.

—¿*No puedes?* ¿Vas a dejar que todo por lo que hemos trabajado, todo lo que hemos conseguido, se vaya al traste porque eres un maldito cobarde?

Empezó a llorar.

—No lo soy, señor. No soy un cobarde. Maté a las otras dos como me pidió.

—Sabes lo que tienes que hacer —repetí. Estaba a punto de sacar mi arma cuando Ferrone miró al cielo y exhaló un profundo suspiro.

—¿Cuándo? —preguntó.

—Esta noche. Después de que cierre el bar.

—Sí, señor.

—Estaré observando.

UNA HORA MÁS TARDE, SALÍ DE MI COCHE Y RODEÉ EL perímetro exterior del parque de atracciones hasta lo que parecía una choza detrás del bar. Después de apartar los escombros que cubrían la trampilla, la abrí y me arrastré por el túnel que los contrabandistas habían utilizado en la época de la Ley Seca para llevar alcohol ilegal a Vroomen.

Es lo que debería haber hecho antes, para poder escuchar por mí mismo lo que decía Chink.

Subí las escaleras hasta el almacén que ya nadie utilizaba y salí al pasillo, desde donde tendría una vista clara de Ferrone cuando llegara.

Chink estaba sentado al final de la barra, contando el dinero como hacía todas las noches. Tendría que contarlo varias veces, ya que, como todas las noches, estaba muy borracho. No podía llevar la cuenta y tenía que empezar de nuevo.

La puerta principal se abrió y Chink levantó la cabeza.

—Hey, Chink —dijo Ferrone.

—Hola, Craig. ¿Qué haces aquí tan tarde?

Miró en mi dirección, nuestros ojos se encontraron y yo di un paso atrás para permanecer en las sombras.

—Tengo que hablar contigo —le dijo a Chink.

—Podemos hablar mañana. Hoy ya he hablado bastante.

—Es importante, Chink.

—No va a cambiar nada entre la una y las diez de la mañana. He dicho que hablaremos mañana, ahora *lárgate*.

Entre la tenue luz del bar y la cantidad de alcohol que Chink había consumido, me pregunté cuánto tiempo tardaría en darse cuenta de que Ferrone le estaba apuntado con un arma.

—*¡Chink!* —gritó—. No me voy a ir.

—*¡Dios mío!* —gritó Chink cuando finalmente levantó la vista y vio el arma—. Baja esa maldita cosa.

—No puedo, Chink... Papá. *No puedo.* —Incluso desde esa distancia, podía ver cómo le temblaba la mano a Ferrone.

Chink tenía las manos en alto y vi cómo rodeaba el extremo de la barra y se acercaba a su hijo.

—Baja esa pistola y hablaremos, hijo.

—*¡No puedo!* —gritó.

—Claro que puedes, por el amor de Dios. Bájala y nos sentaremos en la barra a tomar una copa. Entonces podrás decirme lo que has venido a contarme.

Los ojos de Ferrone se desplazaron de Chink a mí cuando salí de las sombras. Si él no podía hacerlo, lo haría yo, pero en lugar de matar solo a Chink, ambos morirían.

Di otro paso y levanté mi arma.

🙌 23 🙌
MAYHEM

E l K19 Equipo de Operaciones Sombra estaba en posición, equipado con todo el equipo táctico y rodeando Vroomen. Los agentes del FBI y la CIA asignados a la investigación de Thanatos, así como las fuerzas del orden locales y el SWAT, estaban con nosotros.

—¿Dónde está Hanadarko? —preguntó Ares a través de los comunicadores.

El lugar a mi izquierda donde ella había estado posicionada solo unos segundos antes estaba vacío. "¿Qué diablos?" Miré hacia la parte trasera de Vroomen y la vi dirigiéndose hacia la entrada trasera.

—*¡Grace, para!* No tienes autorización para entrar —le dije mientras corría hacia ella.

—Thanatos está aquí. Lo tengo a la vista.

—¿Ares? —dije por el micrófono.

—Justo detrás de ti. Ranger y Onyx vienen desde la dirección opuesta.

A medida que nos acercábamos, vi que la puerta estaba entreabierta. Con las armas desenfundadas, entramos con cautela.

Cuando el hombre que ahora sabíamos que era Thanatos,

Francis Arnst, se dio la vuelta al oír nuestros pasos, Grace, Ares y yo le apuntamos directamente con nuestras armas.

—*¡Suelta el arma, maldito hijo de puta, o te volaré la cabeza!* —gritó Grace.

—Dispárame, puta de mierda —siseó él, cambiando de posición para apuntar su arma directamente hacia ella.

—*Suelta el arma ahora mismo, Arnst. ¡Estás rodeado!* —gritó Ares.

Miré por encima del hombro del hombre a tiempo para ver cómo Ferrone era tirado al suelo segundos después de que apretara el gatillo del arma que había apuntado en nuestra dirección. Al mismo tiempo, Ares disparó, alcanzando a Thanatos en el brazo y haciéndole soltar el arma, pero no antes de que lograra disparar.

Me giré horrorizado y vi cómo el cuerpo de Grace era empujado hacia atrás después de recibir un disparo en pleno pecho.

—*¡Grace!* —grité, dirigiéndome hacia ella. La cogí en brazos y la saqué fuera—. *¡Le han dado!* —grité, corriendo hacia uno de los vehículos.

—¡Viene una ambulancia! —Oí gritar a alguien, pero no pude distinguir quién era, ya que el resto de lo que dijo quedó ahogado por el ruido del helicóptero al aterrizar.

Entregué a Grace al paramédico a bordo y subí.

—Se va a poner bien —dijo el médico de urgencias—. Aunque el chaleco le ha salvado la vida, el impacto de una bala que alcanza a alguien de su tamaño a corta distancia es equivalente al de un golpe con un bate de béisbol.

—Lo sé —dije sin apartar la mirada de Grace, que aún no había recuperado la conciencia. En un solo año había visto a más personas vestidas con equipo táctico recibir disparos que las que este tipo vería en toda su vida.

Ranger abrió la cortina de un tirón y asomó la cabeza.

—¿Cómo está?

—Se pondrá bien —respondí, deseando que abriera los ojos y confirmara lo que el médico y yo habíamos dicho—. Tendrá un moratón enorme.

—Francis Arnst está bajo custodia del FBI, al igual que Craig Ferrone. Se acabó, Mayhem.

—Lo teníamos. ¿Por qué coño disparó Ferrone? Eso no formaba parte del plan.

—Lo sé, Mayhem. Lo que pase a continuación dependerá de Admiral.

Antes, mientras Grace, Ares y yo estábamos sentados en el bar, hablando con Chink, Craig Ferrone había entrado en la oficina del sheriff en Canada Lake, se había entregado y se había ofrecido a llevar a las fuerzas del orden hasta un asesino en serie. Según su confesión, era el único protegido que quedaba de Thanatos y, si no seguía matando para él, lo mataría a él.

Desde entonces, Ferrone, equipado con un micrófono oculto, había atraído a Thanatos a Vroomen, donde todo habría salido a la perfección si no hubieran surgido dos imprevistos. En primer lugar, Grace no debería haber entrado en el edificio, y mucho menos haberse puesto en la línea de fuego.

En segundo lugar, Ferrone no debía haber disparado su arma. Que fuera de fogueo no importaba. Desencadenó una reacción en cadena, durante la cual Grace recibió un disparo.

Como había dicho el médico, el impacto de la bala disparada por una Magnum 44 era tan potente como si ella hubiera estado quieta y hubiera recibido el golpe con toda la fuerza de un jugador de béisbol de las grandes ligas blandiendo un bate.

Había perdido la cuenta del número de veces que recé para que Grace recuperara el conocimiento y soltara la serie de palabrotas que, sin duda, pronunciaría. Miré al techo, rogando a cualquier poder superior que la despertara.

Cuando bajé la mirada y vi sus ojos color avellana mirándome, se me cortó la respiración y no pude recordar ni una sola palabra de lo que había planeado decir. En cambio, pronuncié las únicas que importaban.

—Te quiero, Hanadarko.

—Ese... maldito... hijo de puta... me ha disparado —dijo, luchando por respirar.

Sonreí con los ojos llenos de lágrimas y negué con la cabeza, luego llevé su mano a mis labios y besé el dorso de la misma.

—Grace...

—Yo también te quiero, Emmett.

24

HANADARKO

Deja de mimarme. Me han disparado en el pecho. Puedo caminar —refunfuñé cuando Mayhem insistió en llevarme en brazos desde el todoterreno hasta la cabaña.

Su única respuesta fue besarme en la frente.

—Hola —dijo Ares, abriendo la puerta para dejarnos entrar—. ¿Cómo te encuentras?

—Me duele muchísimo —dije cuando Mayhem me dejó en el sofá y Millie se apresuró a acercarse a mí—. Hola, chica. Le acaricié la cabeza cuando la apoyó en mi pierna.

—La saqué hace unos diez minutos —dijo Ares, sentándose en una de las sillas—. Seguro que Mayhem te ha dicho que Francis Arnst y Craig Ferrone están detenidos. Han sido procesados y, según tengo entendido, se está negociando un acuerdo para cada uno de ellos. Como Nueva York no permite la pena de muerte, no les supondrá mucho más que no tener que pasar por un juicio.

Esperaba que Francis hubiera dado suficiente información para que algunas de las familias de las víctimas pudieran cerrar su capítulo. Sin embargo, ¿lo harían alguna vez? Saber con certeza que su hija o hermana había muerto podría acabar con las dudas, pero saber la forma en que habían muerto los devastaría. Sería algo que llevarían consigo durante el resto de sus vidas.

—Me voy en una hora más o menos —añadió Ares.

—¿A algún sitio en concreto? —preguntó Mayhem.

—Aún no tengo todos los detalles. Me dirijo a la costa oeste para reunirme con Doc y Merrigan. Me han pedido que forme un equipo.

Me pregunté si estaría sugiriendo que Mayhem formara parte de él. ¿Cómo me sentiría si fuera así? Era inevitable, al fin y al cabo. De hecho, mi trabajo aquí también había terminado. En cuanto me dieran el alta para viajar, volvería a mi vida en Olmito. No había decidido qué haría una vez que llegara a casa.

—¿Qué te traigo? —preguntó Mayhem cuando me tumbé en el sofá después de despedirme de Ares.

—Nada.

—¿Prefieres estar en el dormitorio?

—¿Tienes que irte? —le pregunté en lugar de responder a su pregunta.

—Si te refieres a irme con Ares, no.

—¿Por qué no?

Levantó mis piernas, se sentó y las colocó sobre su regazo. Millie se tumbó en el suelo, a sus pies.

—Por muchas razones.

Dime una.

—Este caso no está cerrado, Grace. Lo sabes muy bien.

Asentí. El hecho de que Arnst y Ferrone estuvieran detenidos no significaba que no hubiera otros asesinos ahí fuera.

—Cuando Ferrone confesó, dijo que era el único protegido que quedaba. ¿Crees que decía la verdad?

—Sí. Por lo que he leído de su confesión, se convirtió en la mano derecha de Arnst. Y, según Onyx, está revelando todo lo que sabe.

—Arnst no tiene ningún incentivo para hacer lo mismo.

—Puede que haya uno.

Gemí al intentar incorporarme.

—¿Cuál? —pregunté, apoyándome en el brazo del sofá como había hecho.

—Quiere que se cuente su historia.

—Dios. Maldito psicópata *hijo de puta*.

—Estoy de acuerdo. Sin embargo, tengo una idea. —Mayhem me quitó las botas, las dejó en el suelo y me frotó el pie derecho.

—Sigue, pero no dejes de hacer lo que estás haciendo.

Sonrió, hundiendo el pulgar en el arco de mi pie.

—Piensa en lo que podríamos aprender si nos embarcáramos en esto.

—¿Te refieres a un estudio de perfilado?

—Exactamente.

Lo pensé. Quizás nunca tengamos otra oportunidad como esta.

—¿Podríamos ser nosotros quienes hablemos con él?

—He pedido una reunión con Admiral y Onyx esta tarde para sugerírselo.

—Quiero estar allí.

Pasó al otro pie.

—Estarás. Les he pedido que vengan aquí.

—Esto podría ser muy importante, Mayhem.

Él asintió con la cabeza y, aunque parecía concentrado en el masaje de mis pies, la forma en que se mordía el labio inferior me indicaba que tenía algo más en mente.

—¿En qué más estás pensando? —le pregunté, en lugar de dejar que mi mente divagara sobre lo que podría ser.

—Acordamos hablar una vez que atrapáramos al asesino en serie.

Cerré los ojos, deseando no haber hecho nunca esa sugerencia.

—¿Grace?

—Te he oído. Pero tú mismo lo has dicho: el caso no está cerrado.

—Está lo suficientemente cerrado.

—Intenté apartar las piernas de su regazo, pero no me dejó.

—Estoy listo para contarte la historia. Toda la historia.

Y eso significaba que yo tendría que hacer lo mismo. Después de hacerlo, ¿me perdonaría por haber contactado con su hermana?

—Mi familia pasó las vacaciones de verano en Mykonos durante la mayor parte de mi infancia...

—Emmett, por favor. No estoy preparada para hacer esto.

—No tienes que hacer nada más que escuchar.

—Pero yo...

—Escucha, Grace. Es lo único que te pido.

—Tendrás preguntas.

Mayhem negó con la cabeza.

—Te estoy contando la historia porque quiero. Si llega el momento en que decides que hay algo que quieres contarme, te escucharé.

—¿Y si nunca lo hago?

—Entonces, nunca lo harás.

—Pero...

—Grace, te lo ruego. Déjame hacerlo.

—Lo siento. Continúa.

Mayhem siguió contándome sobre la casa que su familia alquilaba cada año en la isla griega y los recuerdos que tenía de ella. Entonces, sus padres aún vivían, al igual que su hermana menor, Edie.

—Un año, conocí a una chica en la playa. Era estadounidense y, después de hablar unos minutos, descubrí que su familia había alquilado una casa cerca de donde siempre nos alojábamos.

—Bryar —susurré.

—Así es. Mis padres, como buenos anfitriones que eran, organizaban reuniones para otras personas que estaban de vacaciones. Invitaron a los padres de Bryar y, al poco tiempo, se hicieron amigos. —Mayhem apoyó una mano en mi rodilla—. Curiosamente, mi madre y la suya empezaron a empujarnos a Bryar y a mí para que saliéramos juntos. No es que ninguno de los dos estuviera lo más mínimo interesado en el otro. Sin embargo, como reservaron varias excursiones para nosotros dos y mi hermana menor, Edie, nos hicimos amigos. Fue entonces cuando nos pusimos los apodos.

—¿Br'er Bear?

—Exactamente. Entonces tenía el pelo bastante largo, como ahora, y había crecido mucho, por así decirlo, así que supongo que me parecía un poco a un oso. Al principio, era un juego de palabras con el nombre de Bryar. Sin embargo, los que no estaban familiarizados con la animación asumieron que Br'er era la abreviatura de briar*, cuando en realidad era la abreviatura de brother.

—¿Ella era Br'er Fox, tú Br'er Bear† y Edie?

—Br'er Rabbit‡.

—Mayhem, tú no...

Me cogió la mano y me la apretó.

—Sí, Grace. Necesito liberar mi alma de esto, y tú eres la única a quien puedo confesárselo. La única a quien deseo confesárselo.

Le apreté la mano y asentí.

—Al cabo de unos días, Edie empezó a pedirnos que la dejáramos fuera de nuestras excursiones. Dado que Bryar y yo nos llevábamos bien, de forma puramente platónica, seguimos pasando la mayor parte de los días juntos. Navegábamos, explorábamos la isla y algunos días nos relajábamos en la playa. Un fatídico día, Bryar y yo tomamos el ferry a Delos para ver las ruinas. Cuando regresamos poco después del anochecer, encontramos a Edie en la playa, sola. Parecía angustiada, pero al preguntarle, insistió en que estaba bien.

Yo conocía el resto de la historia y también sabía que sería difícil para Mayhem continuar. Sin embargo, como él estaba decidido a hacerlo, le apreté la mano de nuevo.

---

* Se refiere a un tipo de arbusto espinoso, también conocido como zarza o espino.
† Hermana Zorro y Hermano Oso.
‡ Hermana Conejo.

—Mi hermana no fue ella misma en los días siguientes. Yo, como adolescente, no intenté ir más allá de preguntarle si estaba bien. Cuando me respondió que sí, me conformé con eso. Sin embargo, mi madre presionó a Bryar para que indagara más. El resultado fue una terrible discusión entre las dos, durante la cual tuve que intervenir. Hasta el día de hoy, no sé exactamente qué se dijeron, porque ni Bryar ni Edie me lo contaron.

Aunque había hablado con Edie, ella no mencionó ninguna conversación con Bryar, y mucho menos una discusión. Solo lo que había sucedido en los días siguientes.

—Pasaron los días, durante los cuales mi hermana se aisló cada vez más, hasta el punto de que mis padres decidieron que lo mejor para nuestra familia era volver a Inglaterra. La noche antes de nuestra partida, Bryar y yo dimos un paseo por la ciudad. Estábamos volviendo, paseando por la playa, cuando oímos a una pareja discutir dentro de una de las cuevas marinas. Al acercarnos, Bryar susurró que parecían ser sus padres. —Mayhem respiró hondo antes de continuar.

—Lo siguiente que oímos fue a su madre gritándole a su marido, el padre de Bryar, pero no estábamos lo suficientemente cerca como para entender lo que decía.

»Dado que Bryar estaba muy unida a su padre y no a su madre, estaba dispuesta a intervenir en su defensa. Sin embargo, antes de que pudiera hacerlo, oímos un solo disparo. La señora Davies huyó del lugar y le dije a Bryar que fuera a buscar ayuda. Corrí hacia la cueva y descubrí que el disparo había sido mortal y que el señor Davies ya estaba muerto.

—Mayhem, lo sé...

Mayhem bajó la cabeza.

—Mentí a la policía, les dije que había estado paseando solo por la playa y que había oído el disparo, pero que no había visto nada. No sé qué me llevó a hacerlo. Ni entonces ni ahora. Supongo que una parte de mí pensaba que estaba protegiendo a Bryar. Más tarde, supe que la señora Davies tenía una enfermedad terminal. Le habían diagnosticado mesotelioma en fase terminal, cáncer de pulmón. El viaje era, en esencia, el último que harían como familia. Al final, la madre de Bryar falleció seis semanas después. En cuanto a su padre...

Cuando Mayhem se derrumbó, me senté y lo abracé.

—Había estado abusando de mi hermana. Ella nunca volvió a ser la misma después de eso, entrando y saliendo de centros psiquiátricos. Entonces...

Lo abracé mientras lloraba, sabiendo que yo había sido una de las últimas personas en hablar con Edie antes de que muriera. En menos de un mes, ella salió, conduciendo tarde una noche, y su coche se salió de la carretera y cayó por un terraplén empinado. Aunque se dictaminó que había sido un accidente, sabía que Mayhem siempre se preguntaría si lo había hecho intencionadamente. Igual que yo.

—Lo siento mucho —susurré—. Fue mi...

Él puso sus dedos sobre mis labios.

—No fue culpa tuya.

—Me puse en contacto con ella. Le pregunté sobre ello. Le hice revivirlo.

Suspiré, sin saber muy bien qué dolor me dolía más, si el suyo o el mío.

—Yo soy el culpable. Nunca le conté la verdad de lo que sabía. Nunca le conté a Bryar lo que había hecho su padre. Ella había perdido a sus dos padres y yo...

—Tomaste la decisión correcta. No habría sido bueno que Bryar lo supiera.

Mayhem me ayudó a recostarme en el sofá y se levantó cuando oímos llamar a la puerta. Millie lo siguió, pero se fue al pasillo, supongo que para esconderse en el dormitorio.

—Hola, hermana —dijo Onyx, acercándose al sofá donde yo estaba tumbada—. Parece que te han dado fuerte. Deberías haber dejado que nos encargáramos los gordos.

Me reí cuando lo hizo. Lo último que eran los chicos del

equipo K19 era gordos, pero sabía a qué se refería. Nunca debí haber entrado en el bar y, si todavía fuera agente oficial del FBI, me habrían sancionado por ello. Intenté incorporarme, pero Onyx, Admiral y Mayhem insistieron en que me quedara como estaba.

—Os pedí que vinierais para que pudiéramos discutir la petición de Francis Arnst —comenzó Mayhem.

—El cabrón quiere que el mundo sepa que se ha salido con la suya tras múltiples homicidios durante más de cincuenta años —dijo Admiral.

—Corrígeme si me equivoco, pero por lo que tengo entendido, no ha hecho ninguna petición sobre cómo y dónde se publicará.

—Así es, Mayhem. Siempre y cuando se publique.

—Hanadarko y yo tenemos una idea.

—Adelante.

—Dejando de lado las razones de Arnst para querer hacer esto, desde el punto de vista del perfilado, se trata de una oportunidad única.

—¿Estás sugiriendo que Hanadarko y tú lo entrevistéis? —preguntó Admiral, mirando de Mayhem a mí.

—Así es —respondí.

Parecía estar pensándolo.

—¿Considerarías volver al FBI?

—No lo sé.

—Muy bien. Te lo pregunto porque me parece una sugerencia fascinante y también si sería posible ampliarla a otros asesinos en serie que se encuentran actualmente en prisión.

Mis ojos se encontraron con los de Mayhem, y él me hizo un gesto con la cabeza.

—¿Estás sugiriendo que la única forma de hacerlo es que yo acepte volver al FBI?

—No, no lo es —respondió Onyx antes de que Admiral pudiera hacerlo.

—¿Pretendes pasar por encima de mí? —preguntó riendo.

—Por supuesto que sí —respondió Onyx—. Si alguien va a conseguir un compromiso de Hanadarko, ese será K19. Y ya que estamos, la oferta que te hicimos todavía está sobre la mesa.

—Hablaremos de eso más tarde. Volvamos a Arnst y a si podemos hacer que esto suceda.

25

MAYHEM

Vi cómo se le iluminaban los ojos a Grace cuando Admiral sugirió este *proyecto*, a falta de una palabra mejor. Estaba seguro de que a mí también. Si pudiéramos entrevistar a algunos de los asesinos en serie actualmente encarcelados, obtendríamos una gran cantidad de información que nos permitiría hacer mejor nuestro trabajo en el futuro.

Además de la información que obtendríamos, no tenía ninguna duda de que habría una oportunidad de cerrar casos adicionales que los asesinos podrían confesar en el proceso.

Después de que Admiral se comprometiera a proponérselo a sus superiores, lo acompañé a él y a Onyx a la puerta.

—¿Tenéis pensado quedaros aquí un tiempo? —preguntó Onyx.

—Esa era la intención. ¿Estás sugiriendo que no es necesario que lo hagamos?

—Bryar y Diesel volverán de California, así que, si lo hacéis, podéis mudaros a la cabaña de al lado. Casper se marcha a Florida hoy mismo. Spider vive en Lake Placid y Buster se dirige a México con Ares para ayudarle con su misión. Tengo entendido que

Diesel negoció un acuerdo para comprar este campamento a los propietarios.

—Hablaré con Grace y te comunicaré nuestros planes.

—Recibido.

Cerré la puerta, temiendo la conversación que estaba a punto de tener. Si Grace decía que quería volver a Olmito, ¿qué pasaría conmigo? ¿Y qué pasaría con Soj? ¿Le pediría que volviera? Lo hiciera o no, no tenía ni idea de cómo estaban las cosas entre nosotros. Aunque habíamos acordado hablar, solo habíamos tocado superficialmente todo lo que había que decir.

—¿Va todo bien? —preguntó desde el sofá, donde Millie había vuelto a descansar la cabeza sobre la pierna de Grace.

—Sí, claro. —Me acerqué y me senté en la silla frente a ella.

En lugar de hablar, me estudió.

—Diesel y Bryar volverán a Canada Lake, dado que ya no hay ninguna amenaza contra ella. Onyx me ha informado de que han comprado este campamento a los propietarios, o están en proceso de hacerlo. No estoy segura de cuál de las dos cosas, aunque no importa.

—¿Entonces tenemos que irnos? —preguntó.

—Correcto. Dijo que la cabaña de al lado está disponible si queremos mudarnos allí.

—¿Hay alguna razón por la que tenga que quedarme en Nueva York?

Podría darle innumerables razones. Sin embargo, ninguna estaba relacionada con el caso. En cambio, todas tenían que ver con que estuviéramos juntos.

—No la hay —admití.

—¿Y tú?

—Tendré que consultar con Onyx, pero hasta que podamos interrogar a Arnst, si es que podemos interrogarlo, no estoy seguro. Como dije antes, no estamos cien por cien seguros de que no haya otros sospechosos que estuvieran trabajando con él.

—Como tú eres quien me pidió que te ayudara con este perfil, y aparte de mi acuerdo verbal, no tengo un contrato de trabajo oficial, no estoy segura de con quién debo consultarlo. Quizás con Admiral.

Mi boca casi se abre de par en par por mi descuido.

—Lo siento. Estaba tan absorto en la investigación y con la esperanza de que aceptaras asesorarnos, que nunca pensé en los aspectos logísticos. Me pondré a ello inmediatamente. Si necesitas un adelanto económico, yo puedo cubrirlo.

Sus mejillas se sonrojaron, algo muy poco propio de Grace.

—No lo necesito, Mayhem. El dinero no es un problema.

Levanté una ceja, más por costumbre.

—Lo siento, no es asunto mío.

—No pasa nada. Meemaw me transfirió la mayor parte de sus derechos petroleros antes de morir. Heredaré lo que queda.

—Supongo que es una cantidad significativa. De nuevo, no es que sea asunto mío.

—Tengo dinero más que suficiente, Mayhem. No tengo que trabajar. Si lo hago, será porque quiero.

—Me gustaría mucho que te quedaras…

—¿Pero?

—Dependerá totalmente de si tú quieres hacerlo.

—¿En calidad de?

Sentí que los dos estábamos eludiendo la pregunta más importante de todas: qué pasaría entre nosotros.

—En varias funciones, de hecho. En primer lugar, para ayudar a concluir esta investigación, para la cual te conseguiré un contrato de trabajo. En segundo lugar, me gustaría hablar de una colaboración en el proyecto de entrevistas a asesinos en serie. Quizás incluso crear una consultoría en la que el perfilado sea nuestra especialidad declarada. —Cuando ella abrió la boca para hablar, me incliné hacia delante—. Te ruego que me dejes terminar.

—Adelante.

Me levanté y me acerqué al sofá, le levanté las piernas y me senté donde antes. Como antes, Millie yacía en el suelo. Con un brazo, coloqué las piernas de Grace sobre mi regazo y, con la otra mano, tomé la suya.

—Lo más importante es que quiero que terminemos la conversación que empezamos. En lo que a mí respecta, lo que pasó con Bryar y su familia es un tema cerrado, a menos que haya algo que quieras añadir. Preferiría que pasáramos a hablar de nosotros.

—¿De de nosotros?

—De lo mucho que deseo volver a formar parte de tu vida. Una parte habitual de tu vida. Supongo que debería considerar que quizá ya tengas una pareja sentimental, por mucho que espere que no sea así.

—No la tengo.

—¿Soj?

—Una distracción temporal.

Respiré aliviado.

—Quiero estar contigo, Grace. De cualquier forma que me permitas.

—Los dos estábamos muy enfadados, Mayhem.

—Cerré los ojos y asentí.

—Sí. Y lo siento.

—Yo también lo siento.

—No quería decir lo que dije sobre que fuera culpa tuya que no hubiéramos terminado antes el perfil de McDowell. Fue cruel, y no estoy seguro de que una disculpa sea suficiente.

—Siento no haber confiado en ti y no haber hecho lo que me pediste cuando me rogaste que olvidara lo que pasó entre Bryar y tú.

—Acepto tus disculpas —dije.

—Yo también las tuyas.

—¿Es así de sencillo? ¿De verdad puedes perdonarme tan fácilmente?

—Podría preguntarte lo mismo.

—¿Qué hacemos ahora, Grace? —pregunté, sin tener ni idea.

—Llévame a la cama, Mayhem.

De todo lo que podría haber dicho, eso era lo menos esperado. Aunque no debería haberlo sido. El sexo entre ella y yo siempre había sido increíblemente erótico. Sin embargo, parecía que hacía solo unos instantes que estaba sentado junto a su cama en el hospital, deseando que abriera los ojos. Aunque era una mujer intrépida, aparentemente invencible, también era muy frágil. Una bala en el pecho, incluso con una capa de Kevlar entre ella y su carne, podría haberle causado daños fatales. Que no lo hubiera hecho era la razón por la que las primeras palabras que salieron de mis labios una vez que pude mirarla a los ojos fueron para confesarle mis sentimientos. Nunca dejaría de amarla, estuviéramos juntos o no.

Cuando se movió para levantarse por sí misma, me puse de pie, la tomé en mis brazos y la llevé al dormitorio. La senté en el borde de la cama y me arrodillé a sus pies, quitándole las botas y luego los calcetines. Cuando fui a desabrocharle los botones de la camisa, Grace negó con la cabeza y detuvo mis dedos con su mano.

—Déjame ver —le pedí, pero en lugar de abrirle la camisa cuando bajó los brazos a los lados, la besé, lenta y reverentemente, pero con pasión. Ya le había dicho esas palabras antes, pero ahora quería usar mi boca para demostrarle cuánto la amaba.

Dormir junto a su cuerpo desnudo estas últimas noches había sido una tortura insoportable, pero sabía que no debía intentar hacerle el amor, y ella, obviamente, había sentido la misma necesidad de contenerse. No había sido el momento adecuado. ¿Lo era ahora? ¿Estaba ella preparada para esto? ¿Y yo?

El deslizamiento de nuestras lenguas era una danza familiar, nuestro ritmo en perfecta sincronía. Ella se estremeció cuando mis labios siguieron a mis dedos por su cuello hasta su esternón. Me apoyé en los talones cuando le abrí la blusa y vi el desagradable moretón azul violáceo que afeaba su piel, por lo demás impecable.

—Por favor, no —susurró, con los ojos más implorantes que sus palabras—. Te necesito, Emmett, y si no lo haces...

La agarré por la nuca y la silencié con un beso que le decía que le daría lo que quería, pero que sería según mis condiciones. Con mis labios aún unidos a los suyos, la rodeé con mis brazos y la llevé al centro de la cama, luego la giré para desabrocharle el sujetador. Lo tiré al suelo y cogí lo más cercano que encontré. Envolví su blusa alrededor de su muñeca derecha y la até a la barandilla de la cama. Estaba lo suficientemente apretada como para mantenerla donde yo quería, pero lo suficientemente floja como para no tirar de los músculos de su abdomen. Me quité la camiseta e hice lo mismo con su muñeca izquierda.

Había fantaseado con el día en que finalmente tendría a Grace atada a mi cama, como había hecho tantas veces antes. Su sonrisa sensual, anticipando lo que estaba por venir, casi me destruyó. Sabiendo que, una vez que tuviera mi boca en cualquier parte de su cuerpo desnudo, no podría detenerme hasta estar profundamente dentro de ella, me levanté y me quité el resto de la ropa.

—Dios, Mayhem —gimió mientras sus ojos se deslizaban desde los míos hasta donde mi rígida polla se tensaba a pesar de haber sido liberada de sus confines.

Me subí a la cama, a horcajadas sobre sus piernas, mientras le desabrochaba los vaqueros y se los bajaba por las caderas, cogiendo al mismo tiempo su tanga rojo con los dedos.

Gemí ante su embriagador aroma y le quité la última prenda que le quedaba puesta.

—¿Te vas a portar bien o tengo que atarte también las piernas?

En lugar de responder, Grace se mordió el labio inferior, con los ojos entrecerrados por el deseo.

Negué con la cabeza.

—Creo que no. —Le agarré el tobillo, pero en lugar de buscar algo con lo que atarlo, pasé la lengua desde allí, subiendo por la parte interior de la pantorrilla, hasta el muslo. Le separé las piernas con ambas manos y luego utilicé los dedos para abrir sus pliegues. Mientras contemplaba su bonito coño, las piernas de Grace temblaban de deseo.

En lugar de darle lo que sabía que quería, me sostuve con un brazo y bajé la cabeza, chupando primero uno de sus pezones endurecidos y luego el otro. Hice rodar el primero entre mi pulgar y mi índice, y luego tiré. Ella arqueó la espalda mientras yo chupaba el otro con fuerza.

—Te lo suplicaré si eso es lo que quieres. —Su cuerpo se retorcía debajo del mío.

—No hace falta que supliques, mi amor. Sé lo que necesitas. Siempre lo he sabido. —Agarré sus nalgas con ambas manos y acerqué su húmeda y brillante entrepierna a mi boca. En lugar de calmar su deseo con mi lengua, chupé su clítoris de la misma manera que había chupado su pezón. Cuando gemí de placer al saborear lo que tanto había anhelado, ella se estremeció.

Torturándonos a ambos, me aparté y me deleité con su visión. Grace, abierta ante mí, era la tentación más carnal, más erótica y más deliciosa de mi vida. Mi propio cuerpo ardía de deseo, pero me negué a precipitarme. En lugar de eso, la acaricié con la lengua y luego lamí más abajo, donde su humedad era la prueba de que su deseo coincidía con el mío.

Me deleité con ella, rápido y con fuerza. Sus muslos temblaban y los sonidos que brotaban de su boca eran suficientes para desarmarme. Antes de permitirme experimentar la dicha de introducir mi polla en ella, quería que estuviera indefensa y flácida, agotada y mareada de placer. Me negué a aceptar menos. Mi boca y mis dedos eran implacables. Levanté la vista hacia su rostro en el momento exacto en que su cuerpo se tensó con el clímax que la invadió.

Una vez que se hubo agotado, me acomodé entre sus piernas, agarré mi polla, le puse un condón y la froté arriba y abajo por su raja hasta que estuve a punto de perder la cabeza por el deseo. Entonces me hundí en ella. Mis ojos se pusieron en blanco y me quedé quieto, saboreando la sensación de su perfecta estrechez apretándome. Ella envolvió sus piernas alrededor de mi cintura como si nunca fuera a dejarme ir.

La miré a los ojos, oscuros y velados por el deseo.

—Dime lo que quieres, Grace.

—Fóllame, Emmett —gimió, intentando mover la pelvis, pero incapaz de hacerlo debido a la forma en que había inmovilizado su cuerpo con el mío.

Incapaz de mantener el control un minuto más, cedí, follándola cada vez más rápido, empujando más profundamente, luego retirándome, solo para volver a penetrarla con fuerza, mientras me mantenía sobre ella para no apoyar mi peso sobre su abdomen. El repentino agarre de Grace, que me cubrió con un torrente de su liberación, destrozó mi determinación. Me corrí tan fuerte que, por un momento, pensé que podría perder el conocimiento.

Agotado, rodé y me desplomé a su lado en la cama, luego alcancé a desatar su muñeca derecha antes de obligarme a incorporarme lo suficiente como para hacer lo mismo con la izquierda.

Mi cabeza golpeó la almohada y mi mano descansó sobre su pecho, justo encima de su corazón palpitante.

Cuando ella gimió como si sintiera dolor, abrí los ojos de golpe y levanté la cabeza. Su mirada se encontró con la mía.

—¿Te he hecho daño?

Grace negó con la cabeza.

—No.

—Entonces, ¿qué? —le pregunté, besándole el hombro.

—Quiero más.

Alternamos entre dormir una hora, hacer el amor dos y volver a dormir. Al amanecer, me levanté, di de comer a Millie y la saqué a pasear antes de volver a la cama, donde Grace aún dormía.

Un momento después, sentí que me acariciaba la polla para despertarlo. Cubrí su mano con la mía y levanté la cabeza, gimiendo cuando vi el sol brillando intensamente sobre el lago en calma. No le había preguntado a Onyx cuándo llegarían exactamente Bryar y Diesel a la cabaña que se suponía que debíamos abandonar.

—Maldita sea, Mayhem, ¿te estás haciendo viejo? —dijo, pellizcándome el costado con la mano libre.

Me giré y le abrí las piernas, acariciándole el sexo.

—¿Está lista tu exhibicionista interior para salir a jugar, Hanadarko?

—Podría ser divertido —dijo ella, arqueando las cejas.

—Quizás deberías tener en cuenta al público.

Se dio la vuelta y gimió como yo.

—¿Cuándo llegarán?

—No tengo ni idea. Se me olvidó preguntar los detalles.

—Esto podría ser incómodo.

Me levanté de la cama, tratando de recordar dónde había dejado mi móvil, cuando lo oí sonar. Me deslicé por el pasillo y lo cogí de la encimera de la cocina, pero no antes de perder una llamada de Onyx. Inmediatamente le devolví la llamada.

—Hola, Mayhem —respondió.

—¿Qué ha pasado? —pregunté, reconociendo el tono serio en su voz, que solía ser tan juguetona.

—Es Chink. Sospechan que ha tenido un ataque al corazón.

—Maldito infierno —murmuré.

—Está en el Johnstown Memorial.

—Oh, gracias a Dios. Pensé que te referías a... ya sabes.

—Está preguntando por Grace.

No me sorprendió. Ella tenía una extraña habilidad para colarse en el corazón de los hombres sin siquiera intentarlo.

❦ 26 ❦

HANADARKO

—Hola, viejo cascarrabias —le dije al entrar en la habitación del hospital donde estaba ingresado Chink—. ¿Vas a tener un ataque al corazón después de que te hayamos salvado la vida?

Cuando se rio, entrecerró los ojos y hizo una mueca de dolor.

—Dios mío, ¿por qué tiene que doler tanto un ataque al corazón? Esos *hijos de puta* me devolvieron a la vida.

—Te entiendo, hombre. Tu hermano intentó meterme una bala en el pecho.

Él negó con la cabeza.

—Dicen que creen que ese viejo bastardo no es mi hermano.

—¿No lo sospechaste cuando fuiste creciendo?

—La gente decía cosas, pero sabiendo que mi madre era una santa, sabía que ella no habría estado con otro hombre. Nunca se me ocurrió que pudiera ser adoptado.

—¿Y tus padres nunca te dijeron nada?

—Ni una palabra. —Cerró los ojos y respiró un par de veces, aunque no profundamente—. Me dejaron hablar con mi hijo antes.

Me senté en la silla y la acerqué a la cama.

—Me alegro.

—¿Sabes que fue al sheriff y se entregó?

—Sí. ¿Por qué crees que apareció la caballería?

—Dijo que no podía matarme, como le había pedido Francis. Por eso lo hizo.

—También me alegro de eso. —Me incliné hacia delante y apoyé mi mano sobre la suya. Su piel me pareció fina como el papel.

—Craig dijo que lamentaba haber disparado a Francis después de enterarse de que te habían disparado.

—Su arma estaba cargada con balas de fogueo. ¿Por qué lo hizo?

—Dijo que no pudo evitarlo. Ojalá hubiera tenido el valor de hacerlo mucho antes.

Chink cerró los ojos por segunda vez y las lágrimas le corrían por las mejillas.

—Mató a otros.

Le apreté suavemente la mano.

—Lo sé.

—Ponerme tan nervioso por eso es lo que me provocó el ataque al corazón.

—No me sorprende.

Respiró hondo otra vez.

—Dile a todos los que él ha hecho daño. —La voz de Chink temblaba por la emoción—. Que lo siento mucho.

—Lo haré. Te lo prometo.

Entonces se durmió y, al final, salí sigilosamente de la habitación.

—¿Cómo está? —preguntó Mayhem.

—Con el corazón roto.

HANADARKO

CINCO MESES DESPUÉS

Octubre

Al final, lo difícil fue convencer al FBI para que nos permitiera a Mayhem y a mí entrevistar al hombre que se hacía llamar Thanatos una vez que fuera condenado y sentenciado. Después de que Admiral obtuviera la aprobación, la programación se llevó a cabo rápidamente, dado que Francis Arnst estaba totalmente de acuerdo.

A sus ochenta años y enfrentándose a múltiples cadenas perpetuas, el hombre estaba repugnantemente entusiasmado por contarnos a nosotros —y esperaba que al mundo— sus brillantes hazañas, no solo como asesino, sino como líder de lo que él llamaba su "bien engrasada máquina asesina".

Durante la primera de lo que iban a ser cuatro sesiones de tres horas que se realizarían con una semana de diferencia, cada vez que el fanfarrón abría la boca para soltar su verborrea, Mayhem y yo nos metíamos en su cerebro y hurgábamos en él.

Ser testigos de la evolución de Arnst como asesino a través de su discurso mesiánico era como ver una partida de ajedrez al revés o trazar un libro después de que se hubieran escrito las últimas palabras. Entonces todo cobró sentido. Cada paso del camino presagiaba el inevitable desenlace.

Ni Mayhem ni yo nos sorprendimos cuando llegaron los resultados de la prueba de ADN, que demostraban que no había parentesco entre Chink y Francis. El hecho de que este último hubiera sido adoptado cuando Chink solo tenía dos años explicaba por qué no recordaba las circunstancias del nacimiento de su "hermano".

Tampoco fue una sorpresa descubrir, gracias a los registros de adopción que el FBI pudo obtener, que Francis había pasado los primeros meses de su vida en un hogar de acogida. Era fácil suponer que había sufrido un trastorno de desapego, conocido por aumentar el riesgo de problemas emocionales, psicológicos y de desarrollo a lo largo de la vida de una persona.

Tal y como Chink había dicho el día que Mayhem, Arcs y yo nos sentamos en el bar a hablar con él, Francis admitió que creció sin sentirse "integrado" en la familia que lo había adoptado.

El primer día que Mayhem y yo miramos al otro lado de la mesa al hombre cuyas muñecas y tobillos estaban esposados, Francis confirmó que, antes de aprobar el examen de acceso a la abogacía, había trabajado como secretario de un juez de familia. Durante ese tiempo, había sido testigo de cómo los delincuentes juveniles reincidentes pasaban por el sistema judicial.

—Allí te encuentras con todo tipo de perdedores jodidos —había dicho.

—¿Así es como elegías a tus víctimas? —le pregunté, contenta de haberme puesto un suéter y una chaqueta, dado el frío que hacía en la habitación, que parecía casi una morgue.

Él negó con la cabeza, la ladeó y suspiró, como si quisiera decir que acababa de confirmar que era la idiota que él pensaba.

—No eran víctimas.

—¿Cómplices? —preguntó Mayhem.

Arnst le dirigió la misma mirada de disgusto.

—Gente que se sentía tan perdida y rechazada como Thanatos. *Familia.*

—Espera. ¿No eres tú Thanatos? Creía que eras el jefe de esta máquina de matar tan bien engrasada. ¿Me estás diciendo que hemos cogido al hombre equivocado?

Me miró con ira y luego bajó la mirada hacia sus uñas, como si estuviera buscando suciedad que nunca podría limpiar.

—Mira, lo entiendo —le dije, devolviéndole la mirada que me había lanzado—. *Thanatos* les hizo matar por ti porque no eras lo suficientemente hombre para hacerlo tú mismo.

—Thanatos les *enseñó* cómo vengarse.

—Exacto. Tú *no podías,* así que Thanatos consiguió que gente como Ferrone lo hiciera.

Arnst me miró con el ceño fruncido.

—A Thanatos no le costaba nada acabar con la vida de mujeres como tú. Las mujeres que se creían mejores que nosotros pronto aprendieron lo contrario.

—¿Recuerdas dónde y cuándo ocurrió la primera vez? —preguntó Mayhem—. ¿Cuándo te diste cuenta de que tu única opción era matar?

Observé a Arnst mientras se transformaba ante nuestros ojos. Era casi como si hubiera entrado en trance o hubiera accedido a una zona que lo transportaba al momento y lugar del primer asesinato que cometió.

—Thanatos supo, en el momento en que bajó al cobertizo de las barcas, que ella tenía que morir. —La frente de Arnst estaba empapada de sudor y su respiración se volvió dificultosa—. Se llamaba Cathy MacGregor.

—¿Qué tenía ella, o qué hizo, que te llevó a tomar esa decisión? —preguntó Mayhem.

Arnst cerró los ojos y esbozó una sonrisa burlona.

—Pensaba que era demasiado buena para Thanatos. —Más que sonreír, empezó a carcajear—. Una puta que nunca habría llegado a nada se atrevió a decir que nunca saldría con el hijo de un asqueroso basurero. Thanatos es un *maldito abogado*.

—¿La mataste antes o después de que mantuvierais relaciones sexuales? —continuó Mayhem.

—Después. Thanatos no es un puto necrófilo.

—¿Se resistió? ¿Tuviste que inmovilizarla?

La actitud de Arnst volvió a cambiar al pasar de recordar la muerte de MacGregor a recordar el violento acto sexual. Su respiración seguía siendo dificultosa, pero de otra manera, como si estuviera sexualmente excitado.

—¿Qué utilizaste?

—Las cuerdas de las boyas...

No se nos permitió llevar ningún dispositivo de grabación y decidimos no tomar notas, ya que hacerlo podría haber ralentizado a Arnst una vez que se pusiera en marcha. Así que dejé de prestar atención al resto de sus recuerdos del acto en sí y me centré en los puntos clave que quería recordar de la conversación de hoy.

Primero, la adopción de Francis por parte de la familia Arnst. Segundo, su sensación de no integrarse nunca con ellos. Tercero, y lo más importante, recordar, de cara al futuro, que una de las características distintivas de las personalidades narcisistas y sociópatas era la falta de voluntad para asumir responsabilidades personales. Por eso, hablaba de sí mismo —Thanatos— en tercera persona.

—¿Es ese el primer cadáver que tiraste al lago? —Oí preguntar a Mayhem.

—No.

—¿Qué hiciste con el cadáver? —insistió Mayhem.

—¿Has olvidado que era hijo de un asqueroso basurero?

Observé a Mayhem para ver si se había dado cuenta de que Arnst había cambiado y se refería a sí mismo en primera persona, pero tal vez esta no era la única vez que lo había hecho.

Mayhem negó con la cabeza.

—No. Sin embargo, el recordatorio no responde a mi pregunta. ¿Qué hiciste con el cadáver?

—Lo tiré con el resto de la basura, donde debía estar.

—¿Qué quieres decir?

Arnst se estaba volviendo cada vez más agresivo.

—Al vertedero.

—¿Cathy fue la única víctima cuyos restos llevaste al vertedero?

Mayhem intentaba que Arnst volviera a pensar en la víctima como una persona y no como un objeto. No es que eso fuera a cambiar la falta de remordimiento de Francis.

—Thanatos las llevó a todas allí, hasta la primavera, cuando los osos salieron de la hibernación.

Tenía muchas preguntas, pero dado que Arnst estaba respondiendo a Mayhem, me mantuve callada, esperando que continuara haciéndolo.

—¿Qué significó el final de la temporada de hibernación?

Arnst se rio como antes.

—Los osos los desenterraron. Los huesos, al menos. Fue entonces cuando Thanatos tuvo que convencer al condado para que retirara el contrato.

—Explícame eso —dijo Mayhem, inclinándose hacia delante.

—Como solo eran Chink y su padre, tenían que recoger la basura dos o tres veces por semana. En plena temporada, era más a menudo.

Tomé nota mentalmente de que se había referido al hombre que lo adoptó solo como el padre de Chink.

Arnst continuó:

—El condado, por otro lado, contrató a un equipo y, en lugar de camiones volquete, tenían camiones de basura normales. Salían una vez a la semana como máximo.

—¿Extrajiste los huesos?

—Thanatos no rebuscaba entre la basura. —Cuando Arnst

sonrió, lo único que pude hacer fue no darle un puñetazo en la boca.

—¿Para eso servían los "aprendices"?

Arnst asintió.

—¿Empezaste a llevar los cadáveres de las víctimas al lago después de eso?

—Después de que la *familia* se hiciera cargo del campamento de los niños.

—Creía que era un campamento de la iglesia —dijo Mayhem.

Arnst sonrió.

—La *familia* lo cambió para que también asistieran las chicas.

—¿A cuántos de los chicos mató Thanatos?

—Los chicos fueron asesinados cuando dejaron de sernos útiles.

—¿Como protegidos?

Arnst asintió.

—¿Quiénes formaban parte de la *familia* en ese momento?

—Thanatos, Peter y Liz.

—¿Los padres de Brock?

Arnst volvió a asentir.

—El campamento de niños desapareció hace tiempo. ¿Cómo contribuye Thanatos a la *familia* ahora?

—Thanatos trabaja solo ahora.

—¿Y Ferrone?

—Los cobardes no pueden formar parte de la *familia*.

—Espera. Eso es lo que Ferrone dijo de ti. Dijo que iba a ocupar tu lugar. Tomar el control. Convertirse en el mismísimo Thanatos, ya que tú no eras capaz de matar más. —Aunque Ferrone no había dicho nada de eso, quería provocar a Arnst, y funcionó. Se le torció el cuello cuando miró en mi dirección, como si se hubiera olvidado de que yo estaba allí.

—¡*Guardia!* —gritó—. Hemos terminado por hoy —le dijo al hombre cuando abrió la puerta.

Como se había acordado previamente, Mayhem y yo salimos

de la habitación antes de que le quitaran las esposas a Arnst y lo escoltaran a su celda.

—Ese tío es un puto psicópata —dije una vez que estuvimos en el coche y de vuelta a Canada Lake, a tres horas en coche de la prisión estatal de Attica, donde Arnst cumplía varias cadenas perpetuas.

—Si esa es tu opinión profesional, te pediría que te la guardaras para ti.

—Quiero decir, *es* un psicópata. Lo que no es, es un loco.

—Exactamente —dijo Mayhem sin mirarme. Fue entonces cuando me fijé en que agarraba el volante con los nudillos blancos.

—¿Qué?

—Estuve a punto de perderte. Para siempre. Si hubiera apuntado un poco más arriba, la bala te habría dado en la cabeza, no en el chaleco.

—Esto no es propio de ti, Emmett. Eso ya pasó. Sobreviví. Sigue adelante.

—No me gusta que estés en la misma habitación que él.

—Ni se te ocurra pensar que vas a dejarme fuera de esto.

Se inclinó y me tomó la mano.

—No lo haría. Sin embargo, eso no significa que sentarme frente a él sea fácil. Nunca lo será.

—Hubo momentos en los que quería romperle los dientes.

—Créeme cuando te digo que yo quería hacerle cosas mucho peores.

—¿Qué opinas de que se refiera a sí mismo en tercera persona? —le pregunté.

—No me creo eso de que tenga un trastorno de identidad disociativo, si es lo que estás sugiriendo.

—No lo hacía. —Miré por la ventana el paisaje. Mucha gente pensaba en la ciudad cuando alguien decía que era de Nueva York, pero la mayor parte del estado era bucólico, con colinas ondula-das, lagos y una vegetación exuberante.

—¿Grace?

—No puedo hablar más de él.

Conducimos hasta el campamento que seguiría siendo nuestro hogar durante las semanas que nos quedaban para reunirnos con Arnst, tras lo cual tenía intención de volver a Olmito. Acababa de abrir la puerta para salir del todoterreno cuando Diesel salió de la cabaña de al lado con Millie.

—Hola, chica —le dije, arrodillándome para rodearla con mis brazos. Poco a poco, había superado su miedo a los extraños hasta el punto de que ya no se escondía cuando se encontraba con alguien nuevo. De entre todos, aparte de Mayhem y yo, Diesel y Bryar eran las personas favoritas de mi perra. Incluso más que Ares.

—¿Os ha dicho Onyx que Doc y Merrigan vendrán mañana? —preguntó Diesel después de que me levantara y nos diéramos un beso en la mejilla.

—No —respondió Mayhem, acercándose para estrechar la mano de Diesel.

—Creo que se enteró hace solo un par de horas.

—¿Cómo se encuentra Bryar? —pregunté.

—Mejor. Dice que las náuseas matutinas han remitido en los últimos días. Ah, Ranger quería que te recordara que estamos todos invitados a cenar esta noche. Si os apetece.

Mis ojos se encontraron con los de Mayhem.

—Yo sí, si vosotros también.

—Les diré que cuenten con nosotros.

—Ahora vuelvo —le dije, entregándole la correa de Millie antes de acercarme a la puerta de la cabaña de Diesel y Bryar y llamar.

—Bienvenida —dijo ella, invitándome a entrar.

—Diesel me ha dicho que te encuentras mejor.

Bryar se frotó el estómago y sonrió.

—¿Cómo ha ido?

La seguí al salón y me senté cuando ella lo hizo.

—Como le he dicho antes a Mayhem, Arnst es un puto psicópata. Pero no está loco —añadí.

—No. No está loco. Al menos, no criminalmente.

Dado que los asesinatos en serie requieren premeditación, preparación y huida, eso significaba que el autor poseía una mente lo suficientemente racional como para evitar ser detectado. En cambio, según la definición legal de locura, la persona que comete un delito no tiene conciencia de que lo que ha hecho está mal. Era una línea muy fina la que seguíamos en las fuerzas del orden. Como había dicho, el hombre era sin duda un psicótico. Sin embargo, nadie quería que se le condenaran a menos de cadena perpetua sin posibilidad de libertad condicional, sobre todo sugiriendo que no sabía que lo que estaba haciendo estaba mal.

—¿Entonces, tres sesiones más? —preguntó cuando terminé de resumirle lo que habíamos aprendido ese día.

—Así es —dije, apoyando la cabeza en el sofá.

No sabría decir por qué decidí informar a Bryar de lo que habíamos descubierto en nuestras sesiones con Thanatos. Aparte de que ella había sido la agente principal del FBI en la investigación desde el principio de la participación de K19, sentí una especie de afinidad con ella desde el primer día que nos conocimos.

Esa misma tarde, Mayhem y yo le contamos que yo sabía lo que había pasado hacía tantos años. Ella confesó que se lo había contado a Diesel la noche antes de su boda. Aunque las dos historias eran muy diferentes, yo seguía creyendo que no había ninguna razón para que ella supiera lo que había hecho su padre ni el papel que había desempeñado en la muerte de Edie.

—Admiral le dijo a Diesel que está avanzando en la obtención de la aprobación de la agencia para realizar más entrevistas.

Levanté la cabeza.

—No con Arnst.

—Sabía lo que querías decir. Quizás por eso Doc y Merrigan llegan mañana. Para ser sincera, me vendría bien un descanso de los asesinos en serie durante un tiempo.

Bryar arqueó una ceja.

—¿Estás sugiriendo que Darko y Mayhem, la mantequilla de cacahuete y la mermelada del perfilado, van a dejarlo?

—Mientras yo sea la mantequilla de cacahuete y él la mermelada, me quedaré.

Bryar puso los ojos en blanco.

—En serio, ¿qué pasa con ese estudio que estáis llevando a cabo?

—Quizá solo sea Arnst de quien necesito alejarme. Dame una semana para respirar aire fresco y tomar el sol, y quizá no me dé náuseas volver a Attica.

Se acarició el vientre y esta vez levantó ambas cejas.

—No, mamá, no estoy embarazada. Por Dios.

—Una puede tener esperanzas.

Negué con la cabeza.

—No sé si eso está en mis planes.

—Serás una madre maravillosa, Grace.

¿Lo sería? Me lo pregunté después de dejar a Bryar y volver a la cabaña de al lado.

Cuando entré y oí el agua corriendo en la ducha, abrí la puerta del baño, me desnudé y me metí con Mayhem.

—Esperaba que te unieras a mí —dijo, rodeándome con sus brazos. Me recosté, apoyando mi cuerpo contra el suyo, y él me besó en el lado del cuello—. Nunca me cansaré de ti.

—¿Lo prometes?

Me giró entre sus brazos y me miró a los ojos.

—Por mi vida. ¿Me juras lo mismo?

—Lo juro.

—Quiero más, Grace.

Incliné la cabeza y sonreí.

—Define más.

—Todo. Quiero pasar el resto de mi vida contigo. Cada día y cada noche. Cásate conmigo. Forma una familia conmigo.

Como no respondí de inmediato, Mayhem cerró el grifo, cogió una toalla y me envolvió en ella antes de coger otra para él. Me cogió de la mano y me llevó fuera del cuarto de baño hasta el dormitorio. Ambos nos sentamos en el borde de la cama.

—Háblame, Hanadarko.

—Le dije a Bryar que quizá necesitaba alejarme un tiempo de los asesinos en serie.

Me estudió, pero, por lo demás, esperó a que continuara.

—Ella asumió que estaba embarazada.

Su expresión de desconcierto reflejaba lo que yo había sentido cuando ella lo dijo.

—Yo también estaba igual de confundida por su línea de pensamiento. —Negué con la cabeza y miré al suelo, donde yacía Millie—. Cuando le dije que no estaba segura de que los niños estuvieran en mis planes, me dijo que sería una madre maravillosa.

—Mi uso de la palabra "familia" te desconcertó.

—No sé si eso es lo que quiero, Mayhem.

—Y si nuestra familia estuviera formada por ti, por mí y por Millie, ¿seguirías sin estar segura?

Me levanté, me acerqué a la ventana y miré hacia el lago.

—Voy a ver de qué se trata —dijo, levantándose y saliendo del dormitorio cuando sonaron nuestros teléfonos móviles.

—Joder. —Le oí decir desde la otra habitación.

Cerré los ojos y contuve la respiración. Si Mayhem decía que otra persona había desaparecido o que se había encontrado otro cadáver, no estaba segura de poder soportarlo esta noche.

Cuando oí sus pasos, me giré para mirarlo.

—Es Arnst, eh, Francis. Alguien le ha atacado.

—¿Está muerto?

Mayhem asintió con la cabeza.

Me abracé a mí misma cuando mi cuerpo comenzó a temblar.

Él tiró el teléfono sobre la cama, se apresuró a acercarse y me rodeó con un brazo. Me acarició la mejilla con la otra mano y me miró a los ojos.

—Dime lo que sientes, Grace.

—Alivio. Decepción. Exasperación. Arrepentimiento.

—Lo entiendo todo, excepto el arrepentimiento.

—Una parte de mí desearía haber sido yo quien lo matara.

Mayhem asintió.

—Una parte de mí desearía haber sido yo.

—¿Quién lo hizo?

—Otro recluso. Un anciano como Arnst. Según su compañero de celda, creía que "Thanatos" era el responsable de la muerte de su hermano menor cuando el lugar de la costa norte era un campamento para niños.

—Supongo que esperaba que sucediera, pero no tan rápido.

—Un alto porcentaje de asesinos en serie mueren a manos de otros presos. Especialmente cuando hay agresiones sexuales de por medio. Que siguiera vivo durante cinco meses tras su detención es quizás más impactante.

Apoyé la cabeza contra el pecho de Mayhem.

—No me apetece ver a nadie esta noche. Si quieres...

Mayhem negó con la cabeza.

—Prefiero no hacerlo. —Cogió su móvil, que estaba sobre la cama, supongo que para enviar un mensaje diciendo que no iríamos a cenar.

—¿Fuego? —sugerí.

—¿Brandy? —añadió.

—Vamos, Mil —dije dejando caer la toalla y corrí por el pasillo hacia la cocina. Mientras Mayhem apilaba leña en la chimenea y la encendía, cogí dos vasos y la botella de brandy. Me uní a él en la manta que Mayhem había extendido en el suelo cerca de la chimenea. Tiró la toalla a un lado y nos cubrió a ambos con una colcha.

—Cerda del fuego —dije cuando Millie se estiró a nuestros pies, entre nosotros y la chimenea.

—Ven aquí. —Mayhem abrió los brazos y yo me recosté sobre él—. Esta, Grace —dijo, entrelazando sus dedos en mi cabello—. Esta es la familia que quiero. Tú, yo y la perra del fuego.

—La llamé cerda.

—Sí, pero no fue muy amable, ¿verdad, Milagro?

Mi perra respondió bostezando y rodando hacia un lado.

—¿Y si esto es todo lo que siempre hay?

—Tú, Grace, eres suficiente. Lo eres todo.

Me giró sobre mi espalda y apoyó suavemente su mano sobre mi esternón. Aunque los moretones habían desaparecido hacía tiempo, Mayhem seguía siendo cuidadoso. A veces, demasiado.

—Cuando estamos separados, siento que falta la mitad de mí. La mitad de mi corazón. No puedo vivir así. Necesito todo mi corazón, todo mi ser. Solo me siento completo cuando estoy contigo. Por no hablar de lo agotador que es tener que conversar con gente que no sabe lo que estoy pensando.

❧ 28 ❧
MAYHEM

Ahora mismo, daría cualquier cosa por saber qué estaba pensando Grace. Sus ojos estaban fijos en los míos y estaba sonriendo. Ambas eran señales positivas para un sinfín de cosas, normalmente de naturaleza sexual, que no rechazaría si me las propusieran. Sin embargo, yo había hecho mi propia propuesta y aún no había recibido respuesta.

—Bryar dijo algo más antes.

—¿Qué?

—Dijo que "Darko y Mayhem son como la mantequilla de cacahuete y la mermelada del perfilado".

—¿Eso fue lo mejor que se le ocurrió? ¿Una atrocidad culinaria? ¿No, por ejemplo, Holmes y Watson? Estoy terriblemente decepcionado con nuestra amiga.

Grace se rio.

—Jekyll y Hyde.

—No te desvíes del tema. Mulder y Scully.

—Blomkvist y Salander.

Arqueé una ceja.

—Excelente elección.

—Goodwin y Wolfe.

—Ahora solo estás presumiendo, Darko.

La sonrisa de Grace se desvaneció y mi ánimo decayó.

—Somos un buen equipo, Mayhem.

—En más que solo investigar. —Moví la mano y le pellizqué el pezón entre dos dedos.

—¿Por qué no puede seguir así?

—¿Te refieres a trabajar juntos, jugar juntos, sin compromiso? —Me giré sobre mi espalda y miré al techo—. No lo sé, solo puedo decir que siento que es el momento. O tal vez sea porque he probado lo que se siente al salir de la vida del otro sin nada que nos una. No quiero volver a experimentarlo nunca más.

Se le entrecortó la respiración y, por mucho que quisiera convertir esto en algo divertido, o incluso sexual, no pude. Quería que Grace se casara conmigo. Me incorporé para mirarla cuando se me ocurrió algo.

—No has dicho que no.

Ella negó con la cabeza.

—Lo que significa que lo estás considerando.

Me empujó el hombro para que me tumbara y luego se sentó a horcajadas sobre mí.

—Solo si yo soy la mantequilla de cacahuete.

Cuando Grace colocó mi polla donde quería y bajó lentamente su cuerpo hasta que estuve completamente dentro, supe que nunca habría otra mujer para mí. Aunque ella nunca aceptara ser mi esposa, yo no podría alejarme de la mujer que me completaba, me hacía sentir pleno y tenía mi corazón en la palma de su mano.

Grace controlaba nuestro tierno y dulce acto sexual. Solo cuando estuvimos saciados y yo estaba en los últimos vestigios de la conciencia despierta me di cuenta de que no habíamos usado condón, algo que ella siempre había insistido en que hiciéramos. Si fue por olvido o a propósito, ahora importaba poco. Lo hecho, hecho estaba. Su respiración uniforme me indicaba que Grace estaba dormida, pero incluso si no lo estuviera, no le habría preguntado ahora.

En algún momento de la noche, me desperté y llevé a Grace al dormitorio. Sorprendido, como siempre, por lo profundamente que podía dormir esta mujer.

Cuando me desperté poco después de las seis cero cero, me levanté de la cama y le indiqué a Millie que me siguiera al pasillo. Después de su paseo matutino, fui a la cocina a preparar una cafetera, calentar agua para el té y darle el desayuno a la perra de Grace.

Llevé mi té a la terraza con vistas al lago.

—Buenos días. —Oí decir a Bryar, y miré hacia la mesa donde estaba sentada. Había pasado muchas mañanas sentado en el mismo sitio cuando nos alojábamos en su cabaña.

—¿Cómo está Grace? —preguntó cuando la saludé con la mano.

—Bien. Todavía durmiendo. ¿Y tú?

Ella apoyó la mano sobre su vientre.

—Nunca mejor. Lamento lo de Arnst. Me refiero a que no pudierais concluir vuestras entrevistas.

—Aprendimos mucho en el tiempo que tuvimos. No estoy seguro de cuánto más hubiéramos podido aprender de todos modos.

—Tengo la impresión de que Grace podría no querer continuar.

—Nunca es fácil pasar un par de horas en presencia del mal.

—Quiero que sepas que me alegro de que le contaras lo que pasó en Grecia.

—Necesitaba saberlo.

—Yo sentía lo mismo con respecto a Diesel. No me habría sentido bien casándome con él con secretos entre nosotros.

Levanté mi taza de té en un brindis simulado.

—Me alegro de que seas feliz, Br'er Fox.

—¿Lo eres tú, Br'er Bear?

Lo pensé durante un minuto. Tan feliz como podía estar, supongo. Aunque quería casarme con Grace, no iba a dejar que su falta de voluntad arruinara lo que teníamos.

—Lo soy —respondí.

—¿Vas a dejar Canada Lake ahora?

—Supongo que depende del motivo por el que Doc y Merrigan llegan hoy.

—Espero que las cosas salgan bien entre tú y Grace. Los dos merecéis ser felices.

Después de darle las gracias a Bryar, entré y encontré a Grace de pie en la cocina, esperando a que se hiciera el café.

—Buenos días.

—Hola.

—Espero no haberte despertado. —Odiaba lo indeciso que sonaba.

—No lo has hecho.

Me acerqué a ella.

—Grace, yo...

Ella presionó sus labios contra los míos, silenciándome.

—Estamos bien, Mayhem. Pase lo que pase, estamos bien.

—Dime una cosa: ¿quieres estar conmigo?

Ella sonrió y me miró a los ojos.

—Siempre.

Por ahora, eso era suficiente.

—¿Qué te parece una asociación para elaborar perfiles?

—Me apunto.

Como parecía receptiva, seguí adelante.

—¿Qué te parecería si me mudara contigo a Olmito?

Grace se encogió de hombros.

—Podemos vivir en cualquier parte del mundo, ¿no? ¿Elegirías ir a Olmito? Porque yo no estoy segura de hacerlo.

Cuando me reí y la levanté en brazos, Grace me rodeó la cintura con las piernas. Me giré para llevarla al dormitorio, pero se zafó de mis brazos.

—Reunión a las nueve cero cero en el centro de mando, y primero necesito un café.

—¿A las nueve cero cero? —gemí. Eso apenas me dejaba tiempo para hacer algo con respecto a la erección que se notaba bajo mi pijama de franela.

Grace asintió.

—Supongo que no has mirado el móvil. La reunión del equipo es a las diez, pero Doc y Merrigan nos han pedido que lleguemos antes.

—Muy bien. Voy a la ducha.

—Entraré en un minuto. —Me acarició la entrepierna con la palma de la mano—. Será mejor que nos ocupemos de esto antes de irnos.

—Te quiero, Hanadarko.

—Te quiero, Emmett.

—Gracias por venir tan pronto —dijo Merrigan cuando nos reunimos con ella y Doc en el centro de mando, que seguía bullendo de actividad—. Hay una misión que nos gustaría discutir con vosotros dos. Es ligeramente diferente a las dos en las que habéis trabajado juntos anteriormente.

—Ares lidera esta misión en nombre de K19 Equipo de Operaciones Sombra Dos, por así decirlo —dijo Doc, mirando primero a Grace y luego a mí—. Ha solicitado específicamente vuestra ayuda.

—Acabamos de regresar del Reino Unido, donde nos hemos involucrado en una investigación sobre tráfico de personas —dijo Merrigan—. La operación final iba a ser una combinación de rescate y redada, pero no salió como estaba previsto. La parte más importante, el rescate, sí salió bien. Sin embargo, lo que hemos descubierto posteriormente es que esta red de tráfico es enorme y opera a nivel internacional. También tenemos motivos para creer que la sede de la organización criminal se encuentra en Europa.

—¿Cómo podemos ayudar? —preguntó Grace.

—Ares ha solicitado que elaboréis un perfil —respondió Doc
—. Somos conscientes de que esto retrasaría vuestros planes en lo
que respecta al proyecto de elaboración de perfiles de asesinos en
serie. Y aunque no esperábamos que pudierais comprometeros
hasta dentro de un par de semanas, la muerte de Arnst ha acele-
rado los plazos.

Grace se volvió hacia mí. Su expresión me bastó para saber
que estaba dispuesta a participar.

—¿Dónde estaría nuestra base de operaciones? —pregunté.

—Dado que el MI5* es la agencia que dirige oficialmente la
misión, lo más lógico sería Londres —dijo Merrigan—. Todavía
tienes un piso allí, ¿correcto?

—Afirmativo. ¿Podríamos tener unos minutos para discutirlo?
—pregunté.

—Por supuesto —dijo Merrigan.

Grace y yo nos levantamos y la acompañé fuera.

—Pareces interesada y, dado que tengo el piso, podríamos
llevarnos a Millie con nosotros. ¿Qué te parecería trasladarte
temporalmente al Reino Unido?

Grace sonrió y me rodeó la cintura con los brazos.

—Parece un buen lugar para casarse.

---

* Es el Servicio de Seguridad del Reino Unido, encargado de la seguridad nacional
interna, incluyendo la lucha contra el terrorismo, el espionaje y las amenazas de
otros estados. Opera principalmente dentro del país, a diferencia del MI6, que se
enfoca en el exterior. El MI5 obtiene y analiza información de inteligencia, cola-
bora con socios y, a través de su sección National Protective Security Authority
(NPSA), asesora a empresas y organizaciones para protegerse contra amenazas.

NOMBRE EN CLAVE: ARES

Sigue leyendo para conocer un adelanto
del primer libro de la
serie K19 Equipo de Inteligencia Aliada Uno,
Nombre en Clave: Ares

Él es un agente de la CIA caído en desgracia que busca la redención.
Ella es una brillante agente del MI5 que no volverá a arriesgar su corazón.
Juntos, perseguirán a los traficantes más peligrosos del mundo y descubrirán un amor por el que vale la pena luchar.

ARES

Como exagente de la CIA, creía que lo había visto todo. Entonces la conocí: Margeaux "Nemesis" Jordan, la brillante y exasperantemente obstinada líder del grupo de trabajo contra el tráfico de personas del Reino Unido. Ahora nos vemos obligados a trabajar juntos, liderando una coalición de la ONU contra una red global de tráfico de personas. Debería ser sencillo: centrarse en la misión, ignorar la atracción. Pero con cada pista que seguimos, cada vida que salvamos, me enamoro más y más. En un mundo de sombras y peligro, ¿podré proteger tanto a los inocentes como a mi corazón? ¿O elegir el deber significará perder a la única mujer que podría ser mi pareja perfecta?

NEMESIS

He dedicado mi carrera a luchar contra los delincuentes, pero nada me preparó para Philip "Ares" Kappas. Es imprudente, encantador y demasiado tentador para mi propio bien. Mientras corremos desde los muelles de Felixstowe hasta las calles de Bulgaria, desentrañando una red de corrupción que abarca varios continentes, veo cómo se derrumban las murallas que había construido con tanto cuidado. Con cientos de vidas en juego, no puedo permitirme distracciones. Sin embargo, cada vez que estamos juntos, la línea entre lo profesional y lo personal se difumina. ¿Puedo confiarle mi corazón como le he confiado mi vida? ¿O abrirme significará perder todo por lo que he trabajado?

ARES

—Es ridículo. Es decir, ¿lo ha visto? Es como un modelo de portada de novela romántica que camina y habla. —Oí decir a la experta en tráfico de personas del MI5 mientras me acercaba al lugar donde ella y yo habíamos quedado con su jefe, Z Alexander.

No esperé a escuchar la respuesta del jefe. En lugar de eso, entré en su oficina a pesar de las protestas de su secretaria, que me ordenaba que me detuviera.

Comentarios como los de esa mujer eran algo que había escuchado durante casi toda mi vida, junto con cosas como "dios griego" y "Adonis". Y, lo que es peor, una comparación con el modelo cuyo parecido se había utilizado para el personaje de cómic de Marvel, Ares. Es cierto que había sido el motivo por el que me habían dado mi nombre en clave. Sin embargo, los bocetos iniciales se habían dibujado para el lanzamiento de un número que salió veinte años antes de que yo naciera.

Me aclaré la garganta, lo cual era innecesario para Z, que me vio entrar y no se molestó en ocultar su diversión al oír lo que la mujer con la que me habían asignado trabajar tenía que decir sobre mí.

—Buenos días —dije, sentándome en la silla vacía antes de que me la ofrecieran—. Usted debe de ser Margeaux. —La miré de arriba abajo, dejando que mi mirada se detuviera un poco más de lo debido en su generoso escote.

Aunque mi intención era hacerla sentir tan incómoda como me habían hecho sentir sus comentarios inapropiados, la excitación que sentí en mi entrepierna fue tan sorprendente como desagradable.

Ella cruzó los brazos, cubriéndose los pechos, y levantó la barbilla. Sus ojos se clavaron en los míos cuando finalmente levanté la vista hacia su rostro.

—Entiendo —murmuró.

Mi sonrisa fue tan inesperada como la velocidad a la que crecía mi atracción por ella. Me gustó que no fingiera que no me había clasificado como un trozo de carne, como se suele decir.

Z carraspeó como yo había hecho al entrar.

—Bueno, esto va a ser interesante —murmuró.

No podía estar más de acuerdo.

ACERCA DE LA AUTORA

Heather Slade, autora superventas del USA Today, escribe novelas románticas de suspense descaradamente sensuales y que te mantendrán en vilo.

Un año, se regaló a sí misma escribir un libro por su cumpleaños. Más de sesenta libros después (y sumando), está disfrutando como nunca.

Las mujeres que Slade describe son seguras de sí mismas, fuertes, con voluntad propia y corazones tan grandes como el cielo de Colorado. Los hombres son alfas sublimemente sensuales y seductores que aceptan el reto de conquistar el dulce corazón de una mujer, que mantendrán en la palma de su mano para siempre. Añádele un par de giros inesperados, un misterio que te mantendrá en vilo y un final feliz digno de desmayarse, y tendrás en tus manos uno de sus libros.

Le encanta saber de sus lectores. Puedes ponerte en contacto con ella en heather@heatherslade.com

Para estar al día de sus últimas noticias y novedades, visita su página web www.heatherslade.com y suscríbete a su boletín de noticias.

Roaring Fork Rockstar

Roaring Fork Rooker

Roaring Fork Bridger

K19 SECURITY SOLUTIONS TEAM ONE

Razor's Edge

Gunner's Redemption

Mistletoe's Magic

Mantis' Desire

Dutch's Salvation

K19 SECURITY SOLUTIONS TEAM TWO

Striker's Choice

Monk's Fire

Halo's Oath

Tackle's Honor

Onyx's Awakening

K19 SHADOW OPERATIONS - TEAM ONE

Code Name: Ranger

Code Name: Diesel

Code Name: Wasp

Code Name: Cowboy

Code Name: Mayhem

K19 ALLIED INTELLIGENCE - TEAM ONE

Code Name: Ares

Code Name: Cayman

Code Name: Poseidon

Code Name: Zeppelin